매달 받는 봉급으로, 그것이 충분하지는 않았어도, 아이를 학교에 보내고 그 식비를 댔다. 어디 그뿐이랴. 세 달에 한 번씩 나오던 편집 수당으로 사고 싶은 책도 샀고 CD도 간간이 구입하였다. 3만 원으로 부의금賻儀金을 줄여 잡아도 가지 못한 장례식이 몇 번 있었다. 헐거운 주머니 사정은 도덕심도 갉아먹는다. 그러나 그 월급으로 나는 내 방에서 다름 아닌 내 일, 내가 쓰고 싶은 글을 썼고, 이런 몰두 속에서 '거의 모든 것'을 누렸다고 할 수 있다. 이따금 '자유의 형식'을 생각했던 것은 그 때문이었을 것이다. 책을 읽고 생각하며 다시 읽고 글을 쓰면서 꿈꾸는 이 행복감을 나는 글로 토해내고 또 토해내었다.   2006

에피파니 에쎄 플라네르
Epiphany Essai Flaneur

조용한
삶의
정물화

에피파니 에쎄 플라네르
Epiphany Essai Flaneur

조용한
삶의
정물화

문광훈 지음

에피파니

책머리에

나는 브루투스Brutus가 전투한 다음날 군대 앞에서 행한 연설보다 전투 전날 천막에서 그의 친한 친구와 나눈 이야기를 참으로 알고 싶고, 그가 공적 광장과 원로원에서 하던 일보다 공부하거나 방에서 하던 일을 더 알고 싶다.

_ 몽테뉴, 『에세이』(1580)

오늘의 현실은 더없이 급변하고, 사람들은 정신을 잃고, 사건을 전하는 신문과 방송은 매일의 주가변동처럼 널뛰기를 한다. 정치지도자는 사람을 부추기고, 공적 담론은 들썩이며, 우리의 언어는 모자라고 그 이해력은 부족하다. 삶은, 공적 영역에서건 사적 영역에서건, 그 어느 때보다 거칠고 얇고 피상적으로 보인다. 어떻게 해야 하는가? 이 어지러운 시대에 우리는 자신의 정신적 도덕적 독립을 유지할 수 있는가?

아름다움은, 적어도 현대 사회에서의 그것은, 마치 진리나 선의처럼, 더 이상 직접 추구되기 어렵다. 그것은 이미 멀리 떠나 있거나, 설령 있다 해도 산산조각이 나 있기 때문이다. 현대의 경험은 파편의 경험이다. 이제 우리는 에둘러 가야만 한다. 조각난 경험의 파편들을 끌어 모아 서로 붙이고 연결하여 그 전체 모습을 유추해내어야 한다. 느낌은 생각으로 정리되고, 생각은 말로 표현되어야 하듯이, 그리고 이 말은 다시 행동으로 전환되어야 하듯이, 나의 감정은 너의 감정과 만나고, 우리의 사고는 그들의 사고로 넓어져야 한다.

삶의 행복도 크게 다르지 않다. 그것은 계란처럼 위태롭거나, 시든 꽃잎처럼 쉽게 바스라진다. 하지만 우리가 시작할 곳은 언제나 지금 여기다. 어제나 내일이 아니라 바로 '지금', 저기 저 먼 곳이 아니라 바로 '여기'에서, 그리고 다른 누구가 아닌 바로 '내'가 감당하고 견디면서 관통해 나가는 것, 그것이 매일 매 순간이다. 이 순간순간에는, 놀랍게도, 알 수 없는 것들의 어떤 메아리가 배어있다. 이것을 발터 벤야민W. Benjamin은 이렇게 썼다. "영원한 것은 하나의 이념이라기보다는 차라리 옷에 달린 주름장식이다."

주름은 겹쳐져 있다. 그래서 어떤 면은 보이고 어떤 면은 보이지 않는다. 이 주름이 우리가 매일 걸치고 다니는 옷에 달려 있다. 그렇듯이 영원한 것들 — 삶의 이데아나 초월이 있다면, 그것은 옷처럼 일상적인 것에 보일 듯 안 보일 듯 깃

들어 있다. 그러므로 주름처럼 접혀 있는 것들 — 보이지 않는 신비를 외면한다면, 우리는 저 너머의 이데아로 나아갈 수 없다. 오직 일상의 세목細目에 충실함으로써 우리는 초월을 꿈꿀 수 있다.

그렇게 꿈꾸는 삶은 시끌벅적한 저잣거리의 삶이 아니다. 그것은 '조용한 삶(still life)'이고, 그래서 '정물화'가 된다. 조용한 일상의 삶은 그 나름으로 완성된 하나의 그림 — 예술작품이다. 그래서 훌륭해 보인다. 이런 삶의 경로를 나는 예술에 기대어 추적하고 싶다. 시와 그림과 음악을 통해 일상과 초월이 별개가 아니라는 것을, 이 둘은 서로 겹쳐 있고 이 겹침을 깨달으며 매일매일 살아간다면 우리의 삶이 깊고 넓어질 수도 있다는 사실을 나는 얘기하고 싶다.

나는 '정의로운 사회'나 '세계평화' 혹은 '비폭력적 저항' 같은 거대한 이념이 아니라, 이것도 물론 중요하지만, 그보다는 나 자신을 위해 쓴다. 나의 어깨를 다독이고 위로하며 격려하기 위해 나는 글을 쓴다. 글은 자신을 잃지 않기 위한 싸움의 필연성에서 온다. 나는 최선 이외에 어떤 다른 것도 글에서 원하지 않는다. 주어진 일상을 존중하며 그 일상에 헌신하는 것, 그러면서 조금씩 쇄신해가는 일만큼 기쁜 것은 아마 드물 것이다. 하루하루 충실히 사는 사람의 사회적 삶이 공허할 리 없을 것이다.

    혼신을 다할 때, 일상이, 일상의 저 강고한 각질이 한 꺼풀씩 벗겨져 내리는 것을 나는 느낀다. 바로 이 쇄신, 이 변형의 체험이야말로 자유의 실천이 아니던가? 오늘 내 느낌이 어제와 조금 다르고, 지금 내 생각이 어제의 그것보다 몇 센티미터 나아간다고 여겨질 때만큼 생활이 기특해 보일 때가 없다. 살아가는 이유는 이 신선함에 있고, 이 신선함 속에서 나는 이미 행복하다.

    나는 삶을 견디며 노래할 것이고, 현실을 주시하며 나를 표현할 것이다.
    그렇게 표현하며 나날을 음미할 것이고, 그런 향유 속에서 나는 자족할 것이다.
    나는 자족적 쇄신의 길을 갈 것이다.
    나는 더 이상 아무것도 요구하지 않는다.
    나는 전념한다.
    나는 쓴다. 나는 나아간다.
    수백 수천 겹의 여운과 잔해 — 못 다한 삶의 탄식과 침묵의 메아리를 나는 쫓는다.

2018

문광훈

차례

책머리에   004

제1부 일상의 깊이를 향하여

쓸쓸한 것들의 이름 – 동해안을 따라 걷다   013

'삶'이라는 수수께끼 – 처남을 보내며   028

홍성역에서 서성거리다 – 어느 별 어느 역에 서 있는가   043

조용한 삶의 정물화 – 세 개의 이미지   059

석곡을 키우며 – 일상의 깊이를 향하여   071

성스러움에 대하여 – 프란치스코 교황을 생각하며   087

품위에 대하여 – '자기기만'으로서의 충실   099

에피파니 에쌔 플라네르
Epiphany Essai Flaneur

조용한
삶의
정물화

제2부 음악과 문학과 미술에 부쳐

음악에 대한 세 편의 글

평범한 것의 행복 – 모차르트를 들으며   124

소리의 어울림, 어울림의 바다 – 바흐를 들으며   133

음악의 깊은 위로 – 차이콥스키 그리고   151

문학에 대한 두 편의 글

모순과 설움과 아이러니 – 백석의 고향   164

능소화의 사랑 방식 – 헤세의 『유리알 유희』   178

미술에 대한 한 편의 글

정거장에서의 중얼거림 – 모네의 〈생 라자르 역〉   198

자기 자신을 속이는 사기꾼에 비하면,

이 세상의 다른 사기꾼들은 모두 아무것도 아니다.

_ 찰스 디킨스Charles Dickens

가장 중요하고 진지한 일에서

인간은 모두 '이름 없는 혼자'다.

_ 라이너 마리아 릴케Rainer Maria Rilke

일상의 깊이를 향하여

쓸쓸한 것들의 이름

동해안을 따라 걷다

삶이 문득 버거울 때가 있다. 매일 하는 일이 구태의연하고, 자기의 느낌이나 생각마저 지루하게 여겨질 때. 그러면 잠시 모든 것을 접어두고 떠나고픈 충동이 인다. 하지만 이런 충동도 현실에서는 금세 사라진다. 급박한 생계 앞에서는 간혹 생기는 이런 갈망도 사치스럽게 여겨지는 것이다. 하지만 어떤 충동은 되풀이해서 나타나고, 이렇게 나타난 채로 고질병처럼 굳어지기도 한다. 그래서 외면하기 어렵다. 이럴 때면 만사를 제쳐두고서라도 나서야 한다. 지난 12월 말 동해안을 다녀온 것은 그 때문이다.

청초호에서 화진포까지

이번 여행에서 계획한 것은 동해안 최북단 해안가를 사나흘 걷는 일이었다. 그것은 대략 속초의 청초호 밑에서 시작하여 대진항에 이르는 길이었다. 나는 겨울바다를 보고 싶었고, 이 바닷가에 면한 크고 작은 호수들, 이를테면 청초호와 영랑호, 송지호와 화진포의 풍광을 몸으로 직접 느끼고 싶었다. 갈 길은 분명히 알아둬야 했으므로 인터넷에서 지도를 검색하여 그 경로를 출력했다. 차례대로 오려 붙이니, A4 용지로 12장쯤 되었다. 비스듬하게 이어지는 그 해안길은 자전거 길로 50킬로미터 정도 되니, 도보로는 좀더 먼 거리가 될 것이다.

속초에 도착하던 날에는 오후부터 갑작스런 폭설로 걷기가 어려웠다. 다음 날부터 본격적으로 시작된 그 여행 동안 내가 한 것이라곤 걷는 일 뿐이었다. 둘째 날은 속초의 청초호에서 공현진항까지 걸었고, 셋째 날은 공현진항부터 화진포를 지나 대진항까지 걸었다. 가다가 해수욕장이 나오면 백사장으로 걸었고, 항구가 나오면 포구의 이런저런 가게를 둘러보며 걸었다.

그러나 길은 간단치 않았다. 영랑호를 지나고 장시항을 벗어나고부터는 속초-고성 간 7번 국도 외에 달리 길이 없었다. 국도 옆 보행로는 지난밤 폭설로, 또 폭설 후 지나간 사람들의 발자국으로 울퉁불퉁 얼어붙어 있었고, 그래서 제 속도로 걷기가 어려웠다. 다행히 얼마 지나지 않아 용촌삼거리가 나타났는데, 여기부터 고성 통일전망대까지는 자전거 길이 조성되어 있었다. '해파랑길'이라고 했다. 이것은 해안을 따라 세워진 철책선과 나란히 나 있는 경우가 많았고, 순찰 때문인지 그렇게 많은 눈이 왔는데도 깨끗이 치워져 있을 뿐만 아니라 군데군데 모래까지 뿌려져 있었다. 실제로 북촌철교를 지나 들녘을 지날 때나, 반암해수욕장으로 들어서는 솔밭 길에서 나는 제설작업 중이던 한 무리의 군인들을 지나쳤다. 짧지 않는 구간을 호젓하게 걸을 수 있었던 것은 이 젊은이들 덕분일 것이다.

그러나 이 느긋했던 길이 갑작스레 끊겨버리는 데도 있었다. 그것은 송지호 부근이었는데, 시간도 늦고 해서 하는 수 없이 7번 국도로 올라가 쌩쌩 달리는 자동차와 나란히 걸어야 했다. 하지만 대부분의 길은 해안가를 따라 나 있었으므로 좋았다. 3시간 반 정도 걸은 다음 점심은 청간정淸澗亭을 지나 청간해수욕장 모래밭에 앉아 빵으로 때웠다.

걷는다는 것은 몸을 움직이는 것이고, 몸이 움직인다는 것이다. 그것은 육체가 하는 자동적인 것이면서, 이 육체를 부리는 일이기에 사동적使動的인 일이기도 하다. 몸이 움직인다는 것은 내가 아직 숨을 쉰다는 뜻이고, 이 호흡을 내뿜고 들이마실 수 있다는 뜻이다. 나는 숨을 내쉬고 들이마시면서 발걸음을 하나씩 내딛고, 한 걸음에 또 한 걸음을 더하면서 앞으로 나아간다. 이렇게 걷다 보면, 내 몸이 더 이상 내 것이 아닌 것처럼, 내 육체가 마치 없는 것처럼 느껴질 때가 있다. 몸을 이루는 모든 것이 사라지고, 생명의 숨결만 내 몸을 끌고 가는 것이다. 내딛는다는 것은 오직 몸의 살아 있음 속에서, 정신의 허영을 지운 채, 이 세상을 향유하는 일이다.

이렇게 보면, 몸은 단순히 영혼의 '껍질'이 아니다. 육체는, 적어도 살아 있을 때의 그것은 영혼을 담고 있는 듯하다. 그것은 마치 정신이 육체의 것이면서 이 육체가 느끼는 갖가지 사물들에 깃들어 있는 것과 같은 게 아닐까? 그리하여 살아 있는 몸은 영혼과 하나가 되고 이 영혼과 겹쳐 있는 것인지도 모른다. 아직은 몸이 성하여 두 다리가 내딛을 수 있고, 이렇게 내딛으면서 호흡할 수 있으며, 이 호흡 속에서 나를 생각하고 주변 풍경을 돌아볼 수 있어 여간 다행스러운 게 아니다. 걸을 수 있다는 사실은 내가 기뻐할 수 있는 삶의 근원조건인 것이다.

그렇게 눈 내린 길을 걷다가 맨땅이 나오면 얼마나 기쁜지. 그것은 마치 그늘진 골짜기나 응달진 야산을 한참 지나다가 햇살을 만난 기분이었다. 걷다가 해수욕장이 나오면 나는 백사장 위를 천천히 걸었고, 항구가 나오면 포구 안으로 들어가 어시장과 가게와 제방을 찬찬히 둘러보았다. 차갑고 상큼한 대기에는 비릿한 생선 내음이 섞여 있었다. 그물을 털고 어구漁具를 손질하며 바닥에 물을 뿌리고 부표를 살펴보는 온갖 손길과 손길들. 생업의 현장은 폭설과 영하의 날씨에도 쉬는 법이 없다. 인간의 삶은 한 가지 — 살아남기 위해 매달리는 이 작은 일들로 시작하고 이 일들로 끝나는지도 모른다. 그렇다면 이 일은 결코 '작은 것'이 아니다. 그것은 삶의 전부일 수 있다. '생업'이나 '생계'라는 말은 해가 갈수록 무겁게 느껴진다. 이것을 나는 장사항에서부터 봉포항과 아야진항을 거쳐 대진항에 이르기까지 곳곳에서 실감하였다.

그렇게 지나온 모든 모래사장에 나는 발을 디뎠고, 어떤 곳에서는 어슬렁거렸으며, 좀더 한적한 곳에서는 그 모습을 담았다. 햇살이 더없이 밝아서 사진 찍기에는 좋았다. 하지만 찬바람 때문에 모래를 털며 이내 일어서야 했다. 발걸음은 계속 내딛어야 했다. 둘째 날 내가 거쳐온 항구와 해수욕장은, 나중에 세어보니, 14개가 되었다. 오후 4시 반쯤 나는 공현진항에 도착했다. 저녁밥을 먹고 일어나는데, 몸을 가누기가 어려웠다. 숙소로 들어가 하루 일정을 정리하고, 곧바로 잠자리에 들었다.

겨울바다

역시 겨울바다는 황량하였다. 눈이 온 디옴 닐 아침, 대기는 차갑지만 햇살은 더없이 강렬했다. 직진하듯 내려꽂히는 빛줄기 아래 사물은 온통 마치 눈이 부시는 것처럼 바래지는 듯하다. 무덥던 여름철 얼마나 많은 해수욕객들이 그 모래를 밟고 갔을 것인가? 하지만 이제는 어디에도 그 흔적이 남아 있지 않다. 그들이 나눈 말들과 속삭임과 그 무수한 약속들. 바다는, 마치 시간처럼, 인간의 족적을 기억하지 않는다.

대신 파도는 쉼 없이 출렁댄다. 그것은 크고 작은 포말을 일으키면서 끊임없이 밀려왔다가 물러나고, 또 다시 밀려왔다가 잘게 부서지며 되돌아간다. 파도는 부단히 부서지고 무너지고 흩어지며 쪼개진다. 그렇게 부서지고 흩어지면서도 그것은 사라지는 것이 아니라 또 다른 힘으로, 이렇게 부서진 물의 파편들을 결합한 새로운 힘으로 또다시 밀려든다. 시종여일한 이 이합집산의 에너지는 무엇인가? 파도의 굽이굽이를 세려면 집중해야 한다. 거기에는 눈이 멀 정도의 인내가 필요하다. 나는 아무도 없는 바닷가에 들어앉아 그 흐름을 응시하였고, 파도치는 그 소리를 오랫동안 경청하였다. 나는 내가 짊어지고 온 영육의 먼지를 바닷가에서 두세 차례 털었다.

파도 소리를 들으며 나는 세상의 전체를 꿈꾸고 이 전체와 만난다. 파도는 말이나 주장으로서가 아니라 어떤 몸짓으로, 그 흐름으로 자리한다. 파도는 개념이나 논리로서가 아니라 운동의 궤적과 자취로서 자신을 증거한다. 그러면서 그것은 모든 생명들 — 생명 있는 모든 사물의 순환과 이행 그리고 변화를 일으킨다.

겨울 바다를 보고 있노라면, 어느 순간 내가 바라보는 그 풍경의 일부가 되어버리는 듯하다. 영혼의 창이 열리면서 저 대기 속으로, 저 수평선 너머까지 날아오르는 것 같은 느낌. 새처럼 자유롭고 대기처럼 넓게 퍼진 무엇. 그 속에서 모든 것은 무화無化되어 가는 듯하다. 나날의 일도 과제도 고민도 고통도 사라져버리는 듯한 시간의 경험. 아니 이 시간마저 눈앞 풍경과 더불어 휘발되어버리는 것 같다. 아마 내 양쪽 어금니가 씹고 있는 것도 이런 공허일 것이다. 그러면서도 이 공허에는 충일성도 있다. 무시간의 시간을 경험하는 듯한 어떤 충만성. 여기에는 그 누구의 것도 아닌 이 세상의 모든 것들이 담겨 있다. 왜 그토록 많은 것들이 내게 필요했는지 그제서야 나는 묻는다. 아무것도 없는 것은 없을 것이다. 전적인 공허 속에 충일도 스며있을 것이다.

많은 해안가가 그랬지만, 봉포해변이나 아야진해변은 특히 아름다웠다. 강물과 바닷물이 만나는 곳의 주변을 나는 한참 머물렀다. 하나의 물결과 또 다른 물결이 만나는 곳, 만나서 끊임없이 크고 작은 무늬를 만들었다가 지우기를 반복하는 곳. 그것은 어떤 경계점이요 교차점이다. 이 섭점들이 어떻게 만들어졌다가 사라지는지 나는 가만히 살폈다. 파도가 밀려오면 물러났다가 파도가 물러나면 다시 그 물결을 쫓아가고, 또 다시 물결이 밀려오면 다시 뒷걸음질치며 아이처럼 실없이 장난치곤 했다. 아마 우리의 삶도 이렇게 만나고 헤어짐을 반복하다가 그 어떤 시간이 오면, 미처 깨닫지도 못하는 사이에, 잦아들 것이다. 그리하여 봉포해변은 언제나 있어도 이 모래밭에 앉아 저 바다를 바라보는 사람들은 앞으로도 계속 바뀔 것이다. 풍경은 그대로지만 이 풍경을 바라보는 사람은 계속 바뀔 것이다. 풍경의 자연무대 위에서 사람은 한두 배역만을 잠시 맡을 뿐이다.

정신을 잃지 않으려면 가끔씩 마음을 비워내야 한다. 나는 완벽하게 홀로, 그 넓은 해변가가 마치 나를 위해 있는 것처럼, 그래서 그것이 나의 제국이요 영토인 듯이, 그 광활함과 고요와 황량함을 즐겼다. 내 삶의 근거와 바탕을 확인하고 있다는 느낌, 그래서 내 실존의 전부가 여기 와 있는 듯한 착각이 들었다. 삶은 이곳으로부터, 이 광활한 무의 고요로 시작되어야 하고, 또 이곳으로 돌아와야 한다.

겨울 들녘과 산

겨울바다만큼이나 인상적이었던 곳은 들녘이었다. 이 들녘은 청진항을 지나 청간정에 이를 때 잠시 지나갔고, 가진 해수욕장을 지나면 나오는 남천南川 부근에서 해안가로 드넓게 펼쳐져 있었다. 아마도 이렇게 넓은 논밭은 동해안에 그리 많지 않으리라. 언젠가 보았던 경포대의 아득하던 해 안가가 떠올랐다. 그 길이가 6킬로미터쯤 된다고 했다. 그러 니까 '아득하다'는 것은, 사람의 기준에서 보면, 두어 시간 걸어야 닿는 5~6킬로미터쯤의 거리일 것이다. 아득한 것은 아득하지 않을 수도 있는 것이다.

내가 지나가던 해안가에는 대개 소나무가 심어져 있었고, 그 너머에는 추수 끝난 논밭이 자리하고 있었다. 남천마을 앞 들녘도 그랬다. 땅을 갈아엎고 물이 들여지면 겨울이 찾 아들고, 거기에 눈이 내린다. 바람이 불고 기온이라도 내려 가면, 땅은 물기를 머금은 채 얼어붙을 것이다. 그리하여 논 밭은 그야말로 하얀 평지로 변하고, 그 들녘 위로 차가운 바 람이 쌩쌩 불어댔다. 남천에는 청둥오리가 유독 많았다. 시 냇가 둑 옆에는 해당화 무리가 눈을 맞으며 서 있었다. 그 가 지는 겨울 햇살에 새까맣게 타들어가고 있었지만, 붉은 열 매를 아직 달고 있는 것도 있었다. 세월의 냉기를 견디는 붉 디붉은 열매 하나. 곳곳에 사그라드는 생명의 자취가 있었 다. 아마도 새 생명은 그렇게 희미해진 자취로부터 수천수 만의 싹을 틔우며 새로 돋아날 것이다.

모든 것은 저마다의 풍경 속에서, 누가 보든 보지 않든, 제 자신의 리듬으로 움직인다. 야트막한 언덕이나 바위산을 돌면 어김없이 새 해안가가 나타났고, 그렇게 나타난 백사장 가운데는 아스라이 펼쳐진 것도 있었다. 하지만 그 백사장에는 아무도 없었다. 간밤의 눈과 여러 마리의 갈매기 외에는 아무것도. 거진항 끝에서 등대 쪽으로 올라가 화진포 방향으로 난 산길을 걸을 때에도 아무도 없었다. 거의 두 시간 가까이 바람과 나무와 냉기와 산 내음만 그 무인지경의 고독을 채웠다. 아니 아무도 없는 것이 아니라 사람 이외의 모든 것이 그 자리에 있었다고 하는 게 옳을 것이다. 나는 홀로 있음의 전체성을, 마치 어떤 절대적인 것의 보이지 않는 망토자락에 입을 맞추듯이, 가슴 깊이 들이마셨다.

무명無名의 황량함 속에서

겨울바다에서 본 것들, 그것들은 하나 같이 쓸쓸한 것이었다. 바다든 파도든, 물결이든 모래든 아니면 바람이든, 그것은 말없이 '거기에 있었다'. 그것은 자신의 그런 현존을 내세우거나 표내지 않았다. 그것은 전적인 익명성 속에서 어제처럼 오늘도 있고, 오늘처럼 내일도 있을 것이다. 그것은 오늘의 모습처럼 태곳적부터 있어온 것들이고, 머나먼 미래에도 바로 그 모습으로 있을 것이다. 그러면서도 그것은, 사람들 사이에서 흔히 그러하듯이, 어떤 지위나 힘은 물론이고, 그 흔한 이름이나 명칭조차 없었다.

제1부 일상의 깊이를 향하여

'바다'는 물론 바다이고 '들녘'은 물론 들녘이다. 그러나 이 '바다'나 '들녘'이란, 마치 '파도'와 '모래'처럼, 얼마나 허술한 명칭인가? 그런 점에서 그 이름이 없다고 할 수도 있다. 그 같은 명칭으로 그 미시적 세부는 드러나지 않기 때문이다. 매 순간 밀려오는 수십 수백만 물결의 주름과 굽이를 우리는 기억하는가? 우리는 모래알갱이의 그 다채로운 형상을 정확히 알고 있는가? 그렇지 않다. 그저 유형적으로 가늠하고, 무성의하게 지칭된 집합적 개념으로 부르는 데 만족할 뿐이다. 그럼에도 사물들은 그저 있다. 그리고 어떤 부름을 기다리지도 않는다. 불리어도 그만 불리지 않아도 그만일 뿐, 겨울바다는 냉기와 무명無名의 황량함 속에서 제 몫의 일을 감당한다. 그 점에서 그것은 윤리적 표지가 아닐 수 없다.

 도처에 그리고 언제나 한결같이 있는 것들. 늘 있어왔고 앞으로도 있게 될 것들의 말 없는 풍경들. 내가 대지와 하나로 만나고, 내 삶의 현존적 기쁨 속에서 세계의 영원한 전체와 회유回遊하는 것, 그러다가 말라빠진 미역줄기처럼 쓸쓸하게 사랑하다가 죽는 것, 그것이 내 꿈이다. 나를 끌고 가는 것은 이 헛된 쓸쓸함이고, 이 쓸쓸하게 비어 있는 세상사의 귀한 사물들이다. 이 비어 있는 무명의 것들을 쫓아가다 보면 더 크고 높은 지평이 나타나기 때문이다.

 침묵과 평화, 고요와 죽음 그리고 무한성은 바로 그런 지평에 자리한 것들의 이름이 될 것이다. 침묵이 이 세상의 근원 상태라면, 평화는 이 말 없는 세상에서 느끼는 나의 감정일 것이다. 공현진항에서 출발하여 가진항을 지나면서부터 나타나던 목축장에서의 소들은 그렇게 말없이 나를 바라보았다. 그것은 아무런 계략이나 술수를 모르는 무심한 눈빛이었다. 그리고 이 침묵과 평화와 고요와 죽음을 무한성이 에워싸고 있다. 아마도 이 같은 무한성을 만났기에 내가 현실에서 맞닥뜨린 공허감은 치유될 수 있었을 것이다. 삶의 공허는 자연의 공허에 비하면 작은 일부요 그 끝자락에 불과할 것이기 때문이다. 삶에서 가장 깊은 치유는 인간이나 지식 혹은 지혜에서가 아니라 자연에서 오는 듯하다.

그런데 이 쓸쓸한 것들은 자연에만 있는 것이 아니라 사람들 사이에도 있는 것처럼 보인다. 사람 하는 일이나 그가 하는 말, 혹은 그 만남의 끝에는 늘 그런 쓸쓸한 것들이 있지 않은가? 우리가 하는 일은 늘 흡족한가? 우리의 말은 온전한 것인가? 그래서 내가 하는 말은 너에게 혹은 당신이나 그들에게 잘 전해지는가? 나의 사랑은 나의 애인에게 잘 표현되는가? 혹은 우리의 지금 만남은 어떠한가? 처음 만날 때의 흥분과 기대와 설렘과 순결은 작별의 순간에도, 그리고 그 이후에도 유지되는 것인가? 오, 사람 하는 일이나 만남, 역사와 문명은 그 자체로 얼마나 쓸쓸한 것인가? 거기에는 언제나 아쉬움과 안타까움, 안쓰러움과 회한이 녹아있다. 겨울바다의 풍경은 인간 삶의 이 근원적 쓸쓸함을 말없이 상징하는 것으로 보인다. 모든 겨울풍경은 인간 현실의 비유가 아닐 수 없다.

이 한적한 산길로부터 내려와 나는 화진포 쪽으로 향했다. 화진포의 두 호수를 지나고 대진중고교를 지나 초도해안으로 접어들 때에도 차만 가끔 휙휙 지나갔다. 날은 어두워져가고 한기가 점점 심해져갔다. 나는 해안가 동네의 골목 여기저기를 기웃거렸다. 내가 쉴 곳은 구하기 어려웠다. 오늘은 어디서 묵어야 하나? 걱정이 가시지 않았지만, 그래도 마음만은 편했다. 처음 계획했던 곳에 마침내 도달했기 때문이다. 그러다가 우연히 '대진 시외버스터미널 600미터' 간판과 마주쳤다. 찾아가본 이 터미널에서 서울행 버스가 곧 떠난다는 것을 확인하였다. 나는 계획보다 하루 이른 귀경歸京을 결정했다.

우리 쉴 곳은 어디인가?

서울로 돌아올 때는 46번 도로를 타고 진부령으로 넘어왔다. 왼편 창가로 오리온 별자리가 보이기 시작한 것은 그 무렵부터였을 것이다. 이등변 사가형 중앙에 자리한 세 개의 별도 아주 선명했다. 그리고 보면 밤하늘의 별자리를 보

쓸쓸한 것들의 이름 동해안을 따라 걷다   025

쓸쓸한 것들의 이름 동해안을 따라 걷다   025

는 것도 참으로 오랜만이었다. 바빠서 잊고 정신없어서 건너뛰며 성가시다고 외면하는 것이 어디 이뿐인가? 집으로 돌아오는 고속버스 안에서 나는, 마치 본향本鄕은 동해 바닷가이고 서울행은 귀양살이라도 되는 듯, 자주 고개를 돌려 이 별자리를 확인하곤 했다. 오리온은 인제와 홍천을 지나 춘천에 이를 때까지 나를 쭉 따라왔다.

이번 여행에서 남은 것은 무엇인가? 적어도 속초의 청초호에서부터 화진포까지의 지명은 지금도 새록새록 기억할 수 있을 것 같다. 아마도 더 중요한 것은 그간 피폐해진 심신을 이번 여행으로 다독일 수 있었다는 점이라고 해야 할 것이다. 사람이 사람을 만나는 것도 마음 둘 곳이 없어서이고, 마음 둘 곳이 없어 사랑을 하며, 마음 둘 곳이 없어 글을 쓰고, 마음 둘 곳을 몰라 다시 사람을 떠나는 지도 모른다. 내가 서울을 떠나온 것은 어떤 질식할 듯한 소용돌이 때문이지 않았나 싶다.

살아 있는 한 삶이 온전히 충족될 수는 없을 것이다. 우리는 회의 없이 약속할 수 있는가? 우리는 불안 없이 나아갈 수 있는가? 깊이 생각하면 할수록 희망은 낯설게 느껴진다. 그저 묻기만 할 뿐 아무런 답도 구하지 못한 채 인간은 남은 생애를 보낼지도 모른다. 그렇다고 해도 현실을 외면할 수는 없다. 우리의 노력이 해묵은 피로와 의심과 고통으로 귀결된다고 해도 삶은 늘 새롭게 교정되어야 한다. 그 쇄신의 힘은 자연으로부터 오지 않나 싶다. **나는 겨울바다를 떠올리며 다시 책상가에 앉는다. 우리 쉴 곳은 어디이고, 이 땅의 평화는 어떻게 얻어질까?**

(2017)

'삶'이라는 수수께끼

나이 50을 지나면서 나는 삶의 피로를 알았다, 고 할 수 있다. 물론 그것은 그 이전부터 시작되었을 터이지만, 삶의 피로감은 40대 후반을 지나면서 요지부동한 것이 되지 않았나 싶다. 사람이 일평생 할 수 있는 일은 별로 없다는 것, 더구나 그렇게 하는 그 일을 의미 있게 만들기란 매우 어렵고, 설령 의미 있다고 해도 그것이 자기 아닌 다른 사람들에게 퍼져나가기란 더더욱 희귀한 일이 될 것이라는 예감을 자각한 후에도 사람이 시도할 수 있는 일은 과연 무엇인가?

삶의 피로

사람과 사람의 만남은 한 덩어리의 어리석음과 또 한 덩어리의 어리석음 사이의 충돌에 불과한 것일까? 사람과의 만남에 기적 같은 미담美談이 없는 건 아니지만, 그러나 그

대부분은 갈등과 오해를 피하기 어렵다. 그리하여 사랑이나 선의 혹은 정의 같은 '좋은 말'들은 영원히 유예되는 약속처럼 지켜지지 않은 채 공허하게 이어지고, 인간은 대체로, 아니 거의 모두 앞 세대가 했던 과오를 반복하게 된다. 그것이 참으로 흐리멍덩한 일임을 알면서도 거의 속수무책으로 그렇다. 그것은 '속수무책'이라고 할 수 있다! 그렇게 멍청한 일을 똑같이 되풀이하고 만다. 그런 점에서 보면, 한 분야에서 30년 혹은 심지어 50년 이상 성실한 삶을 살아오신 분들 앞에서는, 그 일이 무엇이건 간에, 자연히 옷깃을 여미게 되고, 나도 모르게 고개가 숙여지는 것을 느낀다.

그러니 누구와 싸우는 것도, 싸워서 이기는 일마저 부질없음을 나는 잘 안다. 삶에서 싸움이 없을 수는 없지만, 그래도 이런 자각 때문이었는지 생활 안팎의 갈등은 대체로 유야무야 어렵잖게 끝나지 않았나 싶다. 만약 싸워야 한다면, 나는 어느 한 명과 싸우는 게 아니라 그 전체와 싸운다고 생각하려 했고, 수십 수백 명보다 더한 궁극의 적수는 나 자신이라고 여기곤 했다. 그러면서 내가 하는 일 — 읽고 쓰고 생각하는 일을, 비록 그것이 작고 변변찮아 뭐라 이름 붙이기조차 어렵다고 해도, 제대로, 정말이지 절실한 마음을 담아 해야겠다고 다짐했다. 또 그렇게 절실함이 녹아 있나면, 그 글은 그리 부질없는 일이 되지 않을 것이라는 믿음으로….

내가 하고 있고, 하고 싶은 일이 내게는 무엇보다 소중했다. 삶의 해묵은 피로에서 오는 어떤 회한조차 낭비로 여겨졌고, 그래서 그 회한 대신 나는 점점 내 일에 집중했다. 그러다 보니 원래 몇 되지 않던 지인들의 수도 점차 줄어들었다. 이 일에 아쉬움은 없었다. 오히려 나는 내가 하는 일에서 그 나름의 충만함을 느끼곤 했다. 그러나 이 충만함이라는 것도 '나만의 충만함'일 수 있고, 그래서 그 의미란 자의적일 수도 있었다. 가장 절실한 마음으로 행한 일도 전혀 터무니없이 끝날 수도 있다. 그것이 인간의 삶이다. 하지만 그렇게 하는 일이 내가 모르는 낯선 사람들 사이에 어떤 마음의 파장을 일으킬 수 있었으면 하는 바람을 나는 아직까지 버리지 못하였다. 아마 이런 헛된 미망迷妄에 사로잡혀 나는 앞으로도 살게 될 것이다.

어떻게 할 것인가? 이런 회의 속에서 변함없이 눈에 띄는 것은 이런저런 못다함이다. 인간과 그 현실을 규정하는 근본 테두리를, 그것이 개인적인 한계든 사회적인 한계든, 나는 점점 더 주목하게 되는 것이다.

나의 처남

지난주에는 처남이 응급실에 불려가는 바람에 중환자 대기실에서 사흘 밤을 보내야 했다. 거의 30년 전 어머니의 입원 시에 그랬고, 또 독일 유학 시 아버지가 위독하셔서 병실을 지켰던 적이 있는데 — 이런저런 공부 핑계로 가족한테 소홀하게 된 것은 그때부터 이미 시작되지 않았나 싶다 — 이번에 다시 10여 년 만에 병원에서 지내게 된 것이다.

누구나 알다시피, 환자의 가족으로서, 특히 중환자 가족으로서 병원에서 머무는 것만큼 무기력한 일은 없다. 그저 보호자로서 몇몇 서류 작성에 필요한 서명을 하고, 몇 가지 물품을 사오기도 한다. 그런 다음에는 수술실로, 또 MRI나 CT 촬영을 받기 위해 다른 층으로 가는 환자의 침상을 밀면서, 혹은 수술 후 의식을 잃고 누워 있는 그 곁에서 이마를 쓰다듬거나 손을 어루만지면서 실제로는 아무것도 해주지 못하는, 해줄 수도 없는 상황에서 느껴야 하는 자괴감과 참담함이란 이루 말할 수 없다. 무엇을 할 수 있다는 말인가?

몇 평 되지 않은 대기실의 구석진 소파에서 나도 저녁 시간 내내 거기 있던 다른 보호자들과 함께 서로 낯설게 앉아 있었다. 워낙 갑작스런 연락을 받고 황망히 달려간 터라 담요도, 세면도구도, 또 들고 간 책도 없었다. 켜놓은 TV의 어떤 드라마 장면이 보이기도 했고, 무슨 코미디 프로의 시시껄렁한 대사가 들리기도 했다. 그리다가 첫 날은 11시가 넘으면서 대기실의 실내등이 꺼졌고, 그래서 나는 입고 있던 옷

차림 그대로 그 소파에 누웠다. 한밤중 어떤 시각에 "운명하셨다"고 누군가 말을 하자, 흐느낌이 여기저기서 들려왔다. 통곡 소리가 아니라 숨죽인 흐느낌이 오랫동안 나의 의식에 머물렀다. 그 소리를 나는 꿈결인 듯이 들으면서 잠을 잤다.

 아마 사랑하는 사람이 이 세상을 떠날 때에도 나는 그렇게 쿨쿨, 마치 아무 일도 없는 듯이, 잘 잘 것이다. 내가 흠모하는 분이 세상을 떠나도 나는 식음食飮을 전폐全廢하지 못할 것이다. 떠난 자의 죽음을 남은 자가 슬퍼한다고 하여 그 슬픔이 며칠 갈 것이고, 상실을 기억한다고 하여 그 기억이 몇 달 이어지겠는가? 어느 소설의 제목처럼, '인간은 홀로 죽어 갈 뿐이다'.

 처남은 그 자신이 의식을 잃고 누워 있던 바로 그 대학을 나오고, 이 대학병원에서 수련의修鍊醫 생활을 마쳤다. 그런 후 의사로서 10년 동안 생활하다가 그 일을 접었다. 그 후 그는 일체 외출을 삼간 채 집에서만 살아왔다. 그는, 세상 사람들이 흔히 하는 표현을 쓰자면, '별 문제 없는' 사람이었다. 아니, 지극히 모범적일 정도로 조용하고 성실한 사람이었다. 장인, 장모님께는 귀한 아들이었고, 두 누나에게는 착하고 자상한 동생이었으며, 조카들에게는 그지없이 이해심 깊고 사랑스런 삼촌이었다. 그렇다면 나에게는?

나에게 처남은 선한 인간이었다. 내 처남의 특징은 여느 사람들처럼 여러 가지이지만, 가장 눈에 띄는 그것은 좋은 일을 해도 내색한 적이 한 번도, 단 한 번도 없었다는 데 있지 않나 싶다. 누군가 그 일을 알고 고맙다고 말하면 그저 싱긋이 웃었고, 모르면 그냥 모른 채로 넘어갔다. 그는 잊혀지는 것을 두려워하지 않았다.

눈에 띄게 나서는 일은 거의 없었지만, 집안일이 있거나 같이 모여 밥을 먹을 때면, 늘 뒤에서 정리를 하고 있거나 말없이 다가와 무엇인가 건네곤 했다. 그는 늘 낡은 추리닝 차림이었지만, 조카들이 가면 아이들이 좋아하는 물건을 미리 사두고는 하나둘씩 쥐여주곤 했다. 그렇게 내 손에 전해지던 것에는 냅킨이나 젓가락, 물이나 생일 축하 카드 같은 것이 있었다. 그는 '소유'나 '으스댐' 같은 단어를 아예 모르는 것 같았다. 그가 자신의 견해를 강하게 피력할 때도 가끔, 아주 가끔 있긴 했다. 그것은 한 가지 — 막말에 대한 반감이었다. 그는 거친 말이나 막무가내식 행동을 못 견뎌 했다. 그뿐이었다. 그는 누구보다 헌신적이었음에도 자기가 살아 있는 자리마저 그 흔적을 지우며 살아왔던 것이다.

그런 처남이 이렇게 된 데에도 물론 여러 가지 이유가 있을 것이다. 그는 이 척박한 세상에 부대끼기에는 너무 순박하거나 물렀다고 할 수도 있을 것이고, 어쩌면 사람에게 받은 상처가 너무 컸다고 말할 수 있을지도 모른다. 어떻든 그는 먹는 것을 점차 줄여갔던 것 같다. 그러나 그 이유에 대해 더 자세히 말하는 건 삼가는 게 좋을 것이다. 그저 짐작할 수 있을 뿐, 그 어떤 이유도 정확한 것이라고 말할 수 없을 것이다.

이런 처남을 나는 좀더 살갑게 대했어야 했다. 나이 서른이 지나면 삶의 많은 것은 스스로 결정해야 하고, 그렇게 결정한 것을 홀로 감당해야 한다고 생각해오던 나로서는 좋은 뜻의 조언도 '간섭'일 수 있다고 여기곤 했다. 그래서 늘 몇 걸음 떨어진 채 그를 대하곤 했다. 그렇다고 우리 사이가 나빴던 건 아니었지만, 또 그렇다고 깊은 속을 터놓고 지내지도 못했던 것 같다. 원칙에 대한 믿음 때문에 상처를 내기도 하고, 원칙을 저버리지 않겠다는 생각 때문에 진실과 멀어지기도 한다. 내가 그를 더 너그럽게, 더 따뜻하게 받아들였어야 마땅했다.

형제자매지간이나 부모와 자식 사이의 관계, 그리고 심지어 부부 사이의 관계도 어떤 착잡한, 말을 꺼내어 뭐라고 지칭하기 어려운 점이 의외로 많다. 그러나 사실은 인간관계 일반의 딜레마가 바로 여기에 있다고 말할 수도 있을 것이다. 사람과 사람 사이의 상호주체적 관계나 사회적 관계도

제1부 일상의 깊이를 향하여

그렇다고 할 것이고, 집단과 집단이 만날 때에도 이 착잡함은 피하기 어렵다.

그러나 삶의 착잡함은 무엇보다도 가족 관계에서 시작하지 않나 싶다. 우리는 한 가족의 일원으로서 형과 누나, 동생과 언니와 오빠와 많은 부분을 서로 나누지만, 또 이렇게 나누는 부분만큼이나 나누지 못하는 것도 세월의 흐름 속에서, 나이가 들어감에 따라, 점점 늘어가는 것을 느낀다. 사람은 허점투성이어서 한집에서 오래 살아가거나 서로 깊게 알게 되면, 잘잘못이 얽히고 실수와 오해와 아쉬움이 켜켜이 쌓여 더 이상 이러쿵저러쿵 말을 꺼내기 어렵게 된다. 그리하여 어떤 일은 말하지만, 어떤 일은 차라리 가슴에 담아두기도 한다. 그리고 이렇게 가슴속 사연이 쌓이고 쌓이면, 어느 때 어느 순간부터 한두 마디 말을 하기보다는 그저 고개를 끄덕이고, 이 끄덕임이 지난 뒤에는 말없이 수긍하는 일만 남는다.

결국 한 인간은 다른 인간에 대해 거의 낯선 채 살아가는 것이다. 그리고 거의 낯선 채로 죽어 간다. 만인은 만인에 대해 이방인일 뿐이다.('만인 대 만인의 투쟁'이란 것도 서로가 낯설기 때문에 생기는 것이다. 낯설기 때문에 서로 싸우고, 낯설기 때문에 서로 상처 입히는 것이다.) 우리는 서로에 대해, 아마도 가장 사랑하는 사이에서조차, 사실은 전적으로 모르는 가운데 그저 몇 가지 '안다'는 착각 아래 잠시 부대끼다 제각각 떠나갈 뿐이다.

　누가 어느 상대를 '안다'고 하는 것은 상대 자체의 진실이 아니라 상대에게서 얻어낸, 그러나 이 상대와 관련되기보다는 이편의 선호選好에 맞는 몇 가지 군더더기에 불과할 수도 있다. 자기 자신의 기준에 맞는 이 몇 가지 정보를 상대의 전체로 착각할 뿐, 그 나머지는 대개 어둠 속에 방치된다. 그러나 이렇게 방치되는 것이 더 중요하고 절박할 수도 있다. 우리는 그 어떤 사람도 완전히 알지 못할 뿐만 아니라, 사랑하는 사람도, 심지어는 자기 자신마저 완전히 헤아리지 못한다. 우리는 각자의 삶을 살아가면서도 이 삶의 안이 아니라, '삶 밖에서' 살아가는 것이다.

　바로 이 사실 ― 우리 모두 삶을 살아가면서도 이 삶을 삶답게 살지 못한다는 것, 삶을 매일매일의 충일 속에서 영위하지 못한다는 것만큼 삶에 더 치명적인 망실이 있을 것인가? 삶의 본질적인 사항은 외면한 채 그저 세상이, 또 사회가 중요하다고 말하는 것, 그러나 전혀 비본질적일 수도 있는 것에 휘둘린 이 불균형의 상태, 삶의 이 근원적인 불평등에 비하면, 계급 간의 불평등이란 하나의 사소한 범주일지도 모른다. 나는 다시 삶의 한계 ― 행동적 실천의 테두리를 떠올린다. 수수께끼로서의 삶, 이 삶의 신비와 근본적 모호성을 떠올리지 않을 수 없다. 프란츠 카프카^{F. Kafka}의 짧은 글 한 편이 말하는 것도 바로 이 점일 것이다.

카프카의 삽화 하나

카프카가 1919년에 쓴 글 가운데는 「옆 마을」이라는 것이 있다. 그 전문全文은 이렇다.

> 나의 할아버지는 말씀하시곤 했다. '삶이란 놀라울 정도로 짧단다. 지금 나의 기억 속에 밀려드는 사실은, 어떤 불행한 우연은 완전히 도외시한다고 해도, 어떻게 한 청년이 가장 가까운 마을로, 행복하게 흘러가는 평범한 삶의 시간조차도 그렇게 말 타고 가기에는 이미 한참이나 충분치 않다는 사실을 두려워함 없이, 말을 타고 나설 결정을 할 수 있을지, 나는 이해하기 어렵다는 것 말이다.'

카프카의 문장은 압축적이고 비의적秘意的이다. 그래서 그 뜻이 금방 포착되지 않는다. 그것을 정확하게 이해하기 위해서는 다시 풀어서 단계적으로 살펴보아야 한다. 이 글의 핵심은 물론 "삶이란 놀라울 정도로 짧다"는 데 있다. 이틀 더 사세히 설명하기 위한 다음 문장은 네 부분으로 나눌 수 있을 것이다.

첫째. 삶이란 한 마을에서 다음 마을로 말을 타고 가는 것과 같다.

둘째. 그러나 이 일에도 "어떤 불행한 우연"이 일어난다.

셋째. 하지만 이 불행한 우연이 없다손 치더라도 "행복하게 흘러가는 평범한 삶의 시간이란 그렇게 말 타고 가기에는 '이미 한참이나 충분치 않다'".

넷째. 그러니 한 마을에서 다른 마을로 한 청년이 말을 타고 갈 때조차 우리 삶의 평범한 시간이 턱없이 부족하다는 사실을 우리는 '두려움' 속에서 기억하지 않을 수 없다.

삶의 이야기는 어느 시점에서 시작하고 어느 시점에서 끝나는가? 오늘은 언제부터 시작하고, 어제는 언제 사라지는 것인가? 오늘이라는 24시간 속에서 나는 정말 '실재했던' 것인가? 그래서 그 24시간을 정녕 '살았다'고, '살고 있었다'고 나는 말할 수 있는가? 그리하여 결국 내 삶은 삶다운 것이었던가? 오늘의 이 24시간도, 마치 내가 이 삶 속에서 살지 않았던 것 같은, 그래서 그 본질은 전혀 모르고 표피만 감지한 채, 이방인처럼 낯설게 서서, 멍하니 혹은 당혹스런 표정으로 바라보기만 한 것은 아니었는가? 그래서 내 삶의 주인이 아니라 손님인 듯 그 시간을 맞이하고 떠나보낸 것은 아니었나? 삶은 시간처럼 철저하게 수수께끼가 아닐 수 없다.

삶을 그렇게 온전히 알기 어렵다면, 그 삶을 살아가는 나의 정체正體도 알기 어렵다. 나는 대체 누구인가? 자기 이름마저 낯설게 느껴질 때가 간혹 있다. 소설가 가브리엘 가르시아 마르케스G. G. Márquez도 자기 이름은 별로 마음에 들지 않는다고, 그래서 그 이름으로 자기 자신을 결코 확인할 수 없었다고 쓴 적이 있다. 우리는 우리가 사는 삶을, 우리가 지금 살아가는 이 생애를 결코 다 말할 수 없다. 바로 이 한계가 나 자신을 돌아보게 하고, 그래서 조금은 더 겸허하게 된다. 그러니까 윤리는, 그것이 경전에서의 가르침이어서가 아니라, 또 윤리의 교사가 그렇게 훈계하기 때문이 아니라, 삶의 이 같은 근본적 제약 때문에, 그리고 인간의, 아니, 나 자신의 근본적 어리석음 때문에 절실한 사항이 된다.

불충분함과 두려움

지난주 이래 산과 들에는 아카시아 향기가 진동하기 시작했다. 30년 전 대학 시절 내가 기억했던 그 향기의 정점은 정확히 5월 20일에서 5월 25일 사이였다. 그 엄혹하던 전두환 군부정권 시절에도 나는 그 아카시아 향기 나던 날짜를 기억하고 싶었다. 어쩌면 그 개화기는 그 사이에 좀더 낭겨졌는지도 모른다. 낮은 물론이거니와 밤이 되면 그 싱그러운 향기가 더더욱 대기를 안온하게 뒤덮는다. 그래서 때로는 잠자리에 들어서도 은은한 여운을 느낄 수 있다.

그러나 기적처럼 아름다운 이 계절에도 사랑하는 자는 무시로 세상을 떠나고, 이렇게 한 생명이 떠나는 순간에 또 어떤 생명은 태어나기도 한다. "흙은 흙으로, 재는 재로, 티끌은 티끌로"는 『성경』의 한 구절이었다. 삶에서 중요한 것은 무엇이고, 중요하지 않은 것은 또 무엇인가? '현재'는 중요하지만, 그러나 인간만큼 이 현재를 과대평가하는 존재도 드물 것이다. 아마도 모든 것은 결국 현재의 모습이 아니라 원래의 모습대로 돌아갈 것이다. 인간의 몸 역시, 이 모든 것 가운데 하나인 한, 본래의 형태로 — 흙과 재와 티끌로 돌아갈 것이다. 태어나기 전에 흙이었듯이 죽은 후에도 인간이 흙으로 된다면, 우리의 삶은 흙과 흙 사이에 잠시 자리할 것이고, 하나의 재에서 또 하나의 재로 이어지는 무한한 생멸 과정의 별 뜻 없는 한 고리에 지나지 않을 것이다.

우리가 현실에 대해, 또 인간과 세계에 대해 아는 것은 알지 못하는 것에 비하면 얼마나 초라한가? '제법 안다'는 내용조차 온전히 다 행할 수 있는 것은 물론 아니다. 현재 실천하고 있는 일이란 실천할 수 있는 일에 비하면 턱없이 적고, 이 실천할 수 있는 일의 목록이란 다시 앎의 극히 작은 일부일 뿐이다. 그러니 누군가를 '이해한다'는 것은 얼마나 어렵고, 누군가를 '사랑한다'는 것은 또 얼마나 힘겨운 것인가? 이렇게 알지 못하는 것이 삶의 대부분이고, 그나마 좀더 잘 알게 되어 때로는 친숙해지고 좀더 깊게 이해하면서 사랑하려는 그즈음에, 사랑하고 싶은 바로 그 순간에 우리는 서로에게서 떠나간다. 서로에 대해 이전보다 더 잘 이해하게 되는 바로 그 시점에 인간은 죽어가는 것이다.

고통은 의지와는 상관없이 계속될 것이다. 상실의 아픔은, 유족들이 살아 있는 한, 계속 이어질 것이다. 그러나 이 짧고 허망한 삶에서도 어떤 선의의 궤적을 보이는 것은 놀라운 일이다. '궤적을 보인다'는 것은 어떤 일이 한두 차례가 아니라 '일관되게 이어진다'는 뜻이다. 일관된 정직성이란 양심의 증표다. 이 험악한 세상에서 같이 험악해지지 않기란 어렵고, 이런 세상에서 선해지기란 더욱 어렵다.

그러나 이 불손한 세상에서 선을 행하고도 자랑하지 않는 것은, 그래서 그 흔적마저 지우는 것은 더더욱 드문 일이다. 알 수도 없고 때로는 가늠하기조차 힘든 이 삶에서 표 나지 않은 선의를 보인 이를 나는 경모敬慕한다. 이들을 존경하고 흠모한다. 그러나 그것은, 거듭 말하여, 헌신이 요구되는 끔찍한 일이다. 모든 선의는 끔찍하다. 사람이 행복하다고 느끼는 데에는 여러 요인이 있지만, 나는 내 주변에 자리한 몇 몇 분들을 보면서 가끔 행복하다고 느낀다. 만약 내 삶의 아주 작은 구석이 '깊다'고 말할 수 있다면, 이 깊이는 바로 이 분들 덕분일 것이라고 나는 여긴다.

아마도 진선미를 추구하는 일도 그런 일일 것이다. 진실을 말하고 선한 일을 행하며 아름다움을 잊지 않는 일도 끔찍한 헌신 없이는 불가능할 것이다. 몸을 바치는 이 선의 없이 우리는 우리 사는 여기에서 그 다음 이웃 마을로 갈 수 없을 것이다. 선의의 길이란 고통스런 과정이지만, 그러나 '어짐과 사랑 — 인애仁愛'의 길이기도 하다. 이것은 온갖 직업과 성향과 말과 성격의 사람들이 모여들어 이들로부터 위로를 받고 또 이들을 영접하는 장례식장에서의 마음가짐에서 잠시 경험하는 것과 유사할 지도 모른다. 이 어진 사랑 속에서 인간은 '깊은 행복'을 느낄 수 있을 것이다.

나는 인간 삶의 근본적 불충분성에 대한 자각이야말로, 이 자각에 따른 너그러운 긍정이야말로 그 어떤 윤리적 명제보다도 더 윤리적이라고 생각한다. 이 두려운 자각 속의 말 없는 실천이야말로 삶을 참으로 살 만한 것이 되게 만드는 고귀한 일이라고 여긴다. 한계에 대한 두려운 자각 없이 인간은 한 걸음도 제대로 나아가지 못할 것이다.

이 글이 사랑하는 고인에게 누가 되지 않길 바란다.

(2015)

홍성역에서 서성거리다
어느 별 어느 역에 서 있는가

나는 일을 만들기보다는 차라리 안 만드는 쪽이지만, 그래도 일은 삶에서 그치지 않는다. 그런 일들 가운데는 꼭 해야 하는 것도 있지만, 내가 즐겨하는 것도 있다. 학생들과의 수업이나 마음에 두던 어떤 글을 적는 일, 혹은 내 글의 독자와 만나는 강연이 그러하다. 이런 강연은, 시간이 크게 낭비되지 않는다면, 가능한 한 가보려고 한다. 지난 10월 말에 있었던 홍성행도 그러했다.

강연 요청을 받았을 때 나는 글을 적고 있었고, 그럴 때면 늘 그러듯이 그렇게 한번 해보자고 답변하였다. 내가 일하는 곳에서 그리 멀지 않을 것이라고 여겼기 때문이다. 하지만 날짜가 임박해지면서 차편을 알아보니, 청주에서는 시외버스 편만 있었다. 거리도 100킬로미터 정도 되어 그리 먼 곳도 아니었지만, 가는 데만 2시간 반이 걸린다고 했다.

홍성에서의 서너 시간

홍성으로의 강연기행은 그렇게 시작되었다. 오후 3시에 청주에서 출발한 버스는 홍성까지 정해진 시간보다 30분이나 더, 그러니까 거의 3시간이나 걸렸다. 천안과 아산 그리고 예산을 거쳐갔기 때문이다. 천안이나 아산에서는 다음 승객을 위해 10여 분씩 정차하기도 했다. 차창으로는 햇살이 제법 따갑게 비쳐들었고, 그래서 커튼을 치지 않으면 안 되었다. 시외버스라 좌석은 그리 넓지 않아서 가방이나 윗도리는 위쪽 짐칸에 올려둬야 했다. 그 시간 동안 나는 보고서를 30~40장쯤 읽었던 것 같다. 중간고사를 대신하여 제출된 학생들의 에세이였다. 인터넷상의 이런저런 정보를 덕지덕지 짜맞춘 것이 아니라 자기 자신의 체험이 녹아든 글을, 비록 그것이 초보적이고 때로는 서투르다고 해도, 읽는 것은 신선하고 즐겁다.

버스는 고속도로와 국도를 거쳐 여러 차례 우회하는 것 같았다. 아산을 지나 홍성 쪽으로 나아갈 때는 왼쪽으로 저 멀리 거대한 건물 단지 같은 것이 눈에 들어왔다. 시골 들녘에 이렇게도 큰 도시가 있는가 싶었다. 가까이 지나가면서 보니, 충남도의회 건물이 아주 특이하고도 현대적인 양식으로 두 채 지어져 있었고, 그 아래쪽으로 충청남도 교육청 건물도 서 있었다. 그것은, 나중에 찾아보니, '내포 신도시'라는 곳이었다.

대학에서의 강연은 발터 벤야민의 아우라Aura에 대한 것이었다. 여기에서 그 내용을 세세히 다 적을 수는 없지만, 간단히 요약하면 이렇다. 아우라 개념이 사진이나 영화와 같은, 현대에 새롭게 등장한 매체와 관계하고, 이 매체론은 현대 사회의 근본 성격 — 자본주의적 특성과 관련되는 것이니만큼 듬성하게라도 자본주의 사회의 특성을 스케치하는 게 필요했다. 벤야민은 근대 이후의 자본주의 사회가 기본적으로 상품소비사회라는 것, 그러나 이 상품은 '쓰임'이나 '용도'에 따라 값 매겨지는 것(사용가치)이 아니라, '가격'이나 '상표'에 의해 자리매김된다는 것. 그래서 언제라도 교체될 수 있다는(교환가치)사실에서 상품의 물신주의物神主義를 본다. 상품이 그저 하나의 물건에 그치는 것이 아니라 신격화되면서, 이 상품을 신처럼 숭배하는 삶 자체도 유령처럼 변질된다. 이제 인간은 언제라도 대체가능한 하나의 소모품에 불과하게 된다. 이것을 그는 '판타스마고리아 phantasmagoria' — 허깨비화로 표현하였다. 현대적 삶은 근본적으로 허깨비처럼 빈껍데기가 되어버린 것이다.

현대적 삶의 이 같은 물신성 앞에서 사진과 영화는 어떤 의미를 갖는가? 여기에 대해서도 물론 여러 관점에서의 논의가 가능하겠지만, 그 핵심은 하나 — '지각적 탈각화'로 수렴된다고 할 수 있다. 새로운 매체는 감각과 사고의 '껍질을 벗겨내기' 때문이다(여기에는 벤야민의 예술철학이나 바로크론 그리고 문학비평에서의 진리관이 관련되어 있다. 진리란 다름 아니라 대상에 대한 인식의 탈각화 과정이기 때문이다.) 아우라를, 널리 알려진 대로, "먼 곳에 있는 것의 일회적 나타남"이라고 벤야민이 정의했을 때, 이 아우라에 깃든 일회성이나 진실성 혹은 본질이라는 개념은 현대의 변화무쌍한 세계에서 찾아지기 어렵다. 오늘날 많은 것은, 그것이 상품이든, 자본이든, 진리든, 인간관계든, 가속도적 변화 속에서 나타나기 때문이다. 그리하여 현대의 경험내용은 근본적으로 산산조각 나 있다. 그래서 가짜나 위조, 모조나 '짝퉁'은 넘쳐난다. 우리 사회에서 빈번하게 나타나는 학벌세탁이나 성형열풍도 이와 관련될 것이다.

그렇다면 무엇을 할 수 있는가? 오늘날 가짜에서 진짜를 구별해내고, 가상에서 실체를 분리시키는 일은 쉽지 않다. 많은 것은 뒤섞여 있다면, 예술이나 문화도 예외는 아니다. 문화 역시 그 자체로 좋은 것이 아니라 팔다리가 잘려나간 '토르소'와 같은 것이고, 따라서 적극적으로 개입하여 그 잘려나간 부분을 우리 스스로 빚어내야 한다고 벤야민은 썼다. 문화의 거짓지양은 이런 적극적 개입 속에서 가능할지도 모른다. 마찬가지로 좋은 예술작품은, 사진이든 영화든, 아니면 문학작품이나 그림이든, 일종의 '예방접종'이라고 그는 말했다. 말하자면 현실의 허위성을 돌아보게 하고, 이 현실을 이겨내게 하는 치유제라고나 할까? 그런 점에서 예술의 경험은 성찰적 예방접종이라고 할 것이다. 벤야민은 예술의 이 성찰력을 통해 문화의 힘을 새롭게 재편하고자 하였다.

강연 후 질문을 받는 동안, 서울 가는 차편은 이제 기차만 남아 있다고 누군가가 귀띔해주었다. 시간은 예상했던 것보다 좀더 걸렸다. 한 담당자가 고맙게도 홍성역까지 차로 데려다주었다. 저녁 9시 반이었다. 확인해보니, 용산행 무궁화호는 9시 46분 출발이었다. 나는 2번 플랫폼으로 갔다. 기차는 6분 연착했다.

내가 탄 기차는 홍성역을 출발하여 삽교역과 도고온천, 온양온천 그리고 아산역을 지나 천안역에 닿았다. 그것은 '장항선'이었다. 초등학교 시절 지리 교과서에서나 보던 그 이름 장항선. 배우 가운데 이 이름을 가진 분도 있지만, 그것은 내게 해외로 떠다니는 어느 외항선 이름을 연상시켰다. 그러나 장항선은 외항선이 아니다. 그것은, 이번에 찾아보니, 익산에서 천안까지 160킬로미터나 되는 간선철로다. 1922년에 천안과 온양온천 사이에 처음 개통되면서 시작되었으니 이제 길이 놓인 지 100년이 다 되어간다. 그 유서 깊은 철로 위를 기차 타고 가면서 나는, 그렇게 보내는 시간이 아까워, 다시 보고서를 꺼내 들었다. 하지만 두통 때문인지 읽어내려가기가 어려웠다. 윗도리를 벗고 등을 뒤로 기댄 채 나는 반쯤 감은 눈으로 차창 밖을 바라보았다. 천안역에서 다시 평택과 수원을 지나 기차는 차츰 올라갔다. 천안 이후부터는, 그때가 11시가 넘은 시간이었는데도, 거의 좌석이 다 찼다. 이렇게 많은 사람이, 이렇게 늦은 시간에 이동한다는 것이 새삼 놀라웠다. 현실에는 끊임없는 움직임이 있는 것이다.

집에는 새벽 1시가 가까워올 무렵에야 도착했다. 그리고 다음 날과 그 다음 날 나는 마음에 두던 일을 하지 못했다. 목이 뻣뻣하고 두통이 있어서 집중하기 어려웠다. 그런 나에게 아내는 절제를 하지 못한다고, 무슨 일에나 지나치다고 타박을 하였다. 그 말을 한 귀로 듣고 다른 귀로 흘리며 나는 오랜만에 한가하게 지냈다.

홍성역 2번 플랫폼에서

그렇게 하여 홍성에 내가 머물렀던 것은, 되돌아보니, 서너 시간이었다. 그런데 아직도 내게 남아 있는 것은 홍성 가는 시외버스 안이나 벤야민 강연이 아니다. 그렇다고 서울로 향하던 그 기차 안의 시간도 아니다. 그때의 생각들이 이리저리 엮여 있긴 하지만, 아직도 아스라이 남아 있는 것은 홍성에서 천안까지 이어지던 장항선 노선이었고, 더 하게는 10여 분쯤 서성댔던 홍성역의 2번 플랫폼이다. 왜 그런 것일까?

나는 역에 들어서면, 그 역이 어느 곳이든, 알 수 없이 마음이 설렌다. 역사驛舍에 들어서면 마주치게 되는 사람들의 분주한 발걸음도 그렇고, 여느 건물보다 대개 큰 역 건물의 거대한 허공도 그러하며, 무엇보다 플랫폼에 서면 눈가로 가득 들어오는 기차 레일의 저 아득히 뻗어나간 직선이 그러하다. 이 낯선 발걸음들, 이 허공 그리고 레일을 보고 있노라면 이런저런 생각과 해묵은 상념 그리고 아직 토로된 적이 한 번도 없었던 가슴 깊은 곳의 회한이 거의 주체할 수 없을 정도로 물밀듯이 나를 덮쳐온다. 그러면서 그것은 아직 오지 않은 행복의 어떤 전언처럼 나를 초대하는 듯하다.

무엇을 아쉬워하는 것인가? 아직 못 다한 일은 어떤 것인가? 이것은 버스 정류장에서 차가 서거나 떠날 때 내 마음에서 일곤 하던 가벼운 안타까움 같은 데서도 되풀이된다고 할 수 있다. 떠나가고 떠나오는 세상의 모든 장소들…. 그렇다면 이 장소는 혹시 인간에 대한, 인간 삶의 유한성에 대한 가장 좋은 비유가 아니던가? 영원히 머무는 것이 아니라 인젠가는 떠나야 하는 것, 떠나가지 않으면 안 되는 것으로서의 인간의 삶과 그 생명. 그렇다. 인간은 필멸의 존재 — 반드시 죽게 되어 있는 존재이고, 또 그렇게 죽어가는 존재다. 지금 나의 발걸음이 어디를 향해 있든, 그리고 어디로 향해 나아가든, 이 걸음은 죽음을 향해 다가간다. 한 걸음 한 걸음씩 생명의 모든 걸음은 죽음으로의 걸음이다. 그러니 '여기 있음'은 '저기 없음'과 반대되는 것이 아니다. 우리는 태어나기 전에 아무것도 아니었다. 그렇듯이 죽고 난 후에도 아무것 그 이상이 될 수는 없을 것이다. 삶은, 마치 말이 두 개의 침묵 사이에 있듯이, 무와 무 사이에 잠시 끼어 있을 뿐이다.

삶을 시작하면서 걷기 시작하였듯이, 삶이 끝나면 우리는 이 걸음을 멈추어야 한다. 그러면 내 몸은, 나의 살과 뼈와 피는 점차 문드러지고 녹아내리며 굳어갈 것이다. 그러면서 흙이 되고 마침내 먼지가 될 것이다. 그런 후 몇 줄기 바람이 먼지가 된 뼛가루를 흩날릴 것이다. 내 육신과 영혼은 허공 속으로 날려갈 것이다. 그렇게 날려가 논과 밭의 들녘에 이랑을 이루거나, 산과 강을 건너 먼 바다의 한 굽이 물결에 가 닿을지도 모른다. 그때 나의 형체는 이미 분해되어 없을 것이다. 나의 목소리와 나의 얼굴 그리고 나의 몸짓과 그 표정 — 살아 있을 때 보여주던 그 어떤 흔적도 바람은 알려주지 않을 것이다. 결국 내 삶은 철저하게 무화無化된 가운데, 무와 무 사이에서 잠시, 하나의 덧없는 삽화로서, 머물 것이

제1부 일상의 깊이를 향하여

다. 그러니 길 위에서의 물음, 이 물음을 통한 계속적 탐사가 아니라면 삶이란 대체 무엇일 것인가? 확신은 회의와 연결되어야 하고, 신념은 물음에 이어져야 한다. 이것이 삶의 길이고, 사유의 경로다.

이제야 알 것 같다. 내가 20대 이래 왜 역이나 정거장 같은 장소에 그렇게도 강한 친화감을 느꼈는지를. 그 무렵 나는 그런 장소에 들어서면, 출발시각이 그리 임박하지 않는 한, 언제나 한갓진 곳으로 가서 가만히 한동안 앉아 있곤 했다. 그렇게 앉아 지나가는 사람들을, 역에서 일어나는 이런저런 풍경들을, 마치 그것이 나와는 아무런 관련이 없는 다른 별의 다른 사건들인 양, 관찰하곤 하였다. 사라지는 것, 무너지는 것 그리고 죽어가는 것들만을 나는 그리워했던가? 어쩌면 정거장과 삶 사이에는 저 깊숙한 것으로부터의 친화력이 있는지도 모른다. 역이나 정거장 같은 말에는 전혀 다른 세계, 전혀 다른 질서에 대한 진정한 상징이 녹아 있는 듯하다. 20여 년 전 독일 유학 시절의 어느 날 어느 도시의 한 모퉁이에서 모네의 그림 〈생 라자르 역〉을 처음 보았을 때, 내가 깊은 비감에 사로잡힌 것은 그런 이유에서였을 것이다.

어느 별 어느 역에 서 있는가?

어떤 이미지, 어떤 풍경의 의미는 나를 사로잡는다. 그 이

유를 정확히 알 수는 없다. 그렇게 알 수 없는 채로 그 영상
은 곧 잊혀지곤 하지만, 그것이 강렬하면 강렬할수록 다시
돌아온다. '억압된 것의 귀환'이라고나 할까? 그럴 때면 그
이유를 캐묻지 않을 수 없다. 내가 모네의 그 그림에 대해 글
을 쓴 것은 그런 이유에서다. 시인 기형도는 이렇게 썼다.

(…) 나는 기우뚱
망각을 본다, 어쩌다가 집을 떠나 왔던가
그곳으로 흘러가는 길은 이미 지상에 없으니
추억이 덜 깬 개들은 내 딱딱한 손을 깨물 것이다
구름은 나부낀다, 얼마나 느린 속도로 사람들이 죽어
갔는지
얼마나 많은 나뭇잎들이 그 좁고 어두운 입구로 들이
닥쳤는지
내 노트는 알지 못한다, 그동안 의심 많은 길들은
끝없이 갈라졌으니 혀는 흉기처럼 단단하다
물방울이여, 나그네의 말을 귀담아들어선 안 된다
주저앉으면 그뿐, 어떤 구름이 비가 되는지 알게 되리
그렇다면 나는 저녁의 정거장을 마음속에 옮겨놓는다
내 희망을 감시해온 불안의 짐짝들에게 나는 쓴다
이 누추한 육체 속에 얼마든지 머물다 가시라고

모든 길들이 흘러온다, 나는 이미 늙은 것이다

기형도, 「정거장에서의 충고」 중에서

나의 글은 무기력하고("얼마나 많은 나뭇잎들이 그 좁고 어두운 입구로 들이닥쳤는지/내 노트는 알지 못한다"), 나의 말은 "흙기처럼 단단하다". 나는 집을 떠나온 지 오래이고, 때로는 그렇게 떠나온 사실조차 기억하지 못한다.("나는 기우뚱/망각을 본다. 어쩌다가 집을 떠나 왔던가") 돌아갈 수조차 없이 너무 멀리 떠내려와서 이제는 내가 가야 할 길도 잘 보이지 않는다.("그곳으로 흘러가는 길은 이미 지상에 없으니")

과연 무엇을 할 수 있는가? 삶의 해는 져가고, 길 위에서의 기억은 점차 희미해져간다. 아마도 이런 현실 앞에서 아무것도 할 수 없다는 것, 이 할 수 없다는 불안 앞에서 내가 고작 할 수 있는 것은, 마치 시인처럼, "저녁의 정거장을 마음속에 옮겨놓"고, "내 희망을 감시해온 불안의 짐짝들에게" "쓰"는 일뿐인지도 모른다. 이렇게 쓰면서 내 몸이 "누추하"다는 것, 이렇게 누추한 채로 "이미 늙은 것"으로서의 나를 인식하는 일인지도 모른다. 아마도 그 때문일 것이다. 내가 홍성역 플랫폼에 서서 차가운 가을밤 공기를 느끼며 그렇게 서성거렸던 것은. 주변은 어디를 보나 칠흑 어둠이었고, 역 저 너머로는 크고 작은 불빛이 아득하게 보였다. 스산한 바람이 캄캄한 허공 너머로부터 불어왔다. 이 세상에서 아마 내가 조건 없이 누릴 수 있는 것은 밤 대기의 향내뿐인지도 모른다.

가던 길을 잠시 멈출 때, 이렇게 멈추어 주변을 돌아보거나 오던 길을 되돌아볼 때, 우리는 평상시에 갖지 못한 세계와 접촉하는 듯한 느낌을 받는다. 거기에는 전혀 새로운 세계와 만나는 은밀한 기쁨이 있다. 나는 지금 어느 별 어느 역에 머물고 있는가? 어느 역에 서서 어디를 향해 가고 있는가? 내가 갈 미래의 길은 분명한가? 그리고 그렇게 바라는 대로 나는 가고 있는가? 아마도 이런 물음이 없다면, 정거장에서의 이 같은 중얼거림이 없다면, 인간은, 제발트W. G. Sebald가 썼듯이, 무대 위에서 타인에 의해 이리저리 옮겨지는 '소도구小道具'에 불과한지도 모른다.

쓰다 = '시간의 밖에 서다'

모든 길은 오직 한 번 갈 것이다. 우리가 매일처럼 오가는 길도, 학교 가는 길이든, 직장으로의 출근길이든, 아니면 저녁이나 주말의 산책길이든, 그것이 수없이 반복된다고 해도, 그때 그 시각에 그 분위기와 날씨와 계절 속에서 가는 것은 오로지 일회적이다. 모든 길은, 거듭 말하여, 한 번 갈 뿐이다. 이렇게 가는 길이 어떤 곳인지, 이 길에서의 내 삶이 무엇인지 우리는 잘 알지 못한다. 묻지 않기 때문이다. 그것을 묻기에는 나날이 너무 바쁘고, 우리 하는 일은 너무 많기 때문이다. 아마도 삶은, 우리가 살아가면서도 동시에 이 삶으로부터 거리를 유지할 때, 그리고 이 거리 속에서 그 삶을 바라보고 주변을 잠시 돌아볼 때, 그 의미를 드러내는지도 모른다. 그 돌아봄이야말로 '시간의 밖에 서는 것'— 연대기적 물리적 시간의 기계적 흐름을 거스르는 것이기 때문이다.

물론 인간은 근본적으로 시간적 유한적 존재다. 그러니만큼 그는 결코 시간의 '밖에' 설 수 없다. 만약 그럴 수 있다면, 그것은 상상 속에서나 가능할 것이다. 글을 쓴다는 것은 경험의 허구적 상상적 조직을 통해 시간의 밖에 서는, 아니밖에 '서려고 하는' 일이다. 그것은 시간의 무차별적 진행과 이 진행 속의 가차 없는 파괴에 저항한다. 삶의 의미는 그 자체로 드러나는 것이 아니라, 그저 살아가는 데서 저절로 드러나는 것이 아니라, 마치 프루스트처럼, 그렇게 살아가고 살아온 경로를 기억 속에서 전혀 다른 식으로, 그 모든 습관적 자명성을 해체해가면서, 처음부터 끝까지, 최대한 정밀하고 세세하게 기록해냄으로써, 알게 되는지도 모른다. 기억의 이 고유한 재구성 속에서 우리는 '진정 처음으로 살아가게 되는' 것이다.

프루스트는 문학의 힘을 '외부'에 의탁하지 않는다. 그는 사회정치적 프로그램이나 도덕적 요구 혹은 이데올로기에 기대는 것이 아니라, 오직 문학적인 것 — 지극히 사적이고 개인적이며 내밀하고도 실존적인 느낌과 생각, 인상과 추억과 상념의 빛과 그림자에 골몰하고 그 세부의 미묘한 절실함을 발굴해냄으로써 사람과 사람 사이의 복잡다기한 관계를 드러내고, 시대현실과 당대사회의 역사적 차원으로 나아간다. 비문학적인 요소들은 어느 하나도 허용하지 않은 채, 오직 글쓰기 속에서, 오직 표현적 구제의 가능성 속에서 문학적인 것의 가능성을 그 극한에 이르기까지 밀고 나간 하나의 드문 사례, 그것은 경외할 만한 고투孤鬪가 아닐 수 없다. 프루스트는 아마도 가장 문학적인 문학가이지 않았나 싶다.

그런 프루스트에게 표현의 진실은 삶의 진실과 다르지 않았을 것이다. 삶과 문학은 그에게 와서 하나가 되었을 것이다. 이 놀라운 일을 그는 시시각각 덮쳐오는 병마 앞에서, 천식을 앓으며, 침대에 앉거나 누운 채로, 1909년부터 1922년에 51살의 나이로 죽을 때까지 무려 13년 동안 해내었다. 소설 『잃어버린 시간을 찾아서』는 이렇게 태어난다. 벤야민이 프루스트의 열렬한 독자가 된 것은 아마도 그 집요함 — 생애의 '기록을 통해 그 생애를 진실로 살아보려는' 안간힘 때문이었을 것이다.

사랑이나 그리움도 어지럽게 뒤엉킨 무의미한 경험의 소용돌이 속에서 겨우 기억해낸 희미한 몇 순간에 지나지 않는다. 진리와 아름다움의 비밀은 바로 이 순간 — 헛됨이나 안타까움 혹은 무의미로 뒤섞인 이 착잡한 순간에 있을지도 모른다. 그렇다면 우리는 이 무의미, 삶의 이 불가항력적인 덧없음도 사랑해야 하는가? 인간의 생애는, 반추하지 않으면, 아무것도 남기지 않는다. 삶은, 다시 기억하고 쓰지 않으면, 어떤 것도, 적어도 그 전모는, 전혀 알 수 없을 것이다. 쓴다는 것은 경험한 것을 헤아리고 반추하며 검토하는 가운데 이 삶에 없을 수 없는 진리와 아름다움을, 그 근본적 한계에도 불구하고, 자기 것으로 만들려는, 그렇게 만들어 나날의 자양분으로 삼으려는 노력 외에 다른 것이 아니다. 매일매일의 일상은 기억하고 헤아리며 돌아보는 가운데 조금씩 제 자리를 찾는다. 생애의 풍경은 기억풍경 외에 다른 게 아니다. "기억은 우리를 젊게 한다"고 벤야민은 썼지만, 나는 이렇게 쓰고 싶다. 기억은 우리를 마침내 살게 한다. 기억 속의 글은 우리를 다시 태어나게 한다.

내가 홍성역에서 잠시 서성거렸던 것은, 그렇게 서성이며 잠시 중얼거렸던 것은 그런 넋두리였는지도 모른다. 그것은 떠나가고 사라지고 무너지는 것들을 기억하려는 안타까움이고, 길 위에서의 이 삶을, 이 삶의 지상적 기쁨을 그르치지 않기 위한 몸부림일 것이다. 그러니 영혼의 빈곤을 돌아보는 일 — 탄식과 중얼거림은 예방접종처럼 필요해 보인다. 우리가 지나쳐온 삶의 그 허다한 간이역들…. 애써 외면했던 얼굴과 어떤 사연들 그리고 이리저리 건너뛴 책의 활자들. 이제 몸은 늙어가기 시작한다. 언제 다시 장항선을 타볼 것인가? 나는 홍성역 2번 플랫폼을, 마치 늦가을 숲길에서 낙엽을 밟을 때의 심정으로, 추억한다.

(2017)

제1부   일상의 깊이를 향하여

조용한 삶의 정물화

세 개의 이미지

　어떤 말은 단순히 하나의 말에 그치는 것이 아니라 이런 저런 연상을 불러일으킨다. 그런 말은 추억을 낳고, 사연을 낳고, 생각과 풍경을 낳는다. 말이 어떤 이미지로 작용하는 것이다. '정물화(still life)'라는 말이 내게는 그렇다. 거기에는 세 이미지가 얽혀 있다. 첫째는 책이 그려진 어떤 그림엽서이고, 둘째는 우베르토 파솔리니U. Pasolini 감독의 영화 〈스틸 라이프Still Life〉(2013)이며, 셋째는 얼마 전에 우연히 읽은 기사 하나다. 이 모든 것은 '조용한 삶'을 돌아보게 한다.

　먼저 엽서에 나타난 정물화를 살펴보자.

1630년대의 어느 정물화

　내 안방 책장에는 그림엽서 한 장이 세워져 있다. 1630년 대 무렵 익명의 스페인 화가가 그린 정물화다. 화면 중앙에는 서로 다른 크기의 책 세 권이 놓여 있다. 그것은 모두 오래되어 너덜너덜하게 낡아 있다. 가장 큰 책은 아래에 놓여 있고, 중간 크기의 책은 그 위에 펼쳐진 채 놓여 있다. 그리고 이 두 권의 오른쪽에 작은 책이 하나 놓여 있다. 이 작은 책 옆으로 필통이 놓여 있는데, 이 통에 깃털 펜대가 하나 꽂혀있다. 책 너머에는 모래시계도 보인다. 아마도 수년 전 베를린의 한 미술관에 들렀을 때 구입했던 엽서이지 싶다.

책은 왜 있는가? 사람은 왜 책을 읽는 것인가? 때로는 글을 쓰고, 이렇게 쓴 글을 묶어 책을 만들지만, 이 책은 시간이 지나면서 점차 낡아간다. 생활은, 그것을 기억하지 않으면, 잊혀지고 말지만, 이렇게 기록한 글도 시간 속에서 헤지고 삭아간다. 무너지고 찢기며 거덜 나고 너절해져가는 운명을 어떤 것도, 삶의 그 무엇도 피할 수는 없다. 시간을 이기는 것은 아무것도 없다. 그러니까 그림은 삶의 망실亡失을 막는 것이 아니라, 이 망실의 불가피한 도래를 보여줄 뿐이다. 예술은 시간의 풍화를 이겨내는 것이 아니라 쇠락과 붕괴의 흔적을 상기시켜줄 뿐이다.

영화 〈스틸 라이프〉

두어 해 전에 본 영화 〈스틸 라이프〉의 줄거리는 이렇다.

여기 존 메이라는 사람이 있다. 런던 케닝턴 구청의 고객

관리과 소속인 그는 홀로 죽게 된 사람들의 뒷일을 처리해
준다. 그 역할을 하는 것은 배우 에디 마산Eddie Marsan이다.
그는 고인의 죽음을 그 가족이나 지인에게 알려줄 뿐만 아
니라 유품도 전해주고, 때로는 추도문을 작성하기도 한다.
장례식이 끝나면 메이는 시신을 화장하거나 매장한다.

　어느 날 메이는 '빌리 스토크'라는 사람의 죽음을 알게 되
는데, 이 사람은 메이가 사는 집의 건너편에 살던 술 중독자
였다. 이 사람의 유족과 지인들에게도 그 죽음을 알려야 한
다. 그는 버려진 고인의 LP판에서 필름을 하나 발견한다. 인
화한 사진에는 어느 제빵 회사의 이름이 나온다. 그는 그 회
사를 찾아가 스토크의 행적을 캐묻고, 이곳의 옛 동료로부
터 스토크가 사귀었던 여자의 주소를 얻는다. 생선가게를
꾸려가는 그 여자로부터 스토크가 감옥에 갔다는 것도 알아
낸다. 그는 이 감옥의 면회기록부에서 스토크의 딸 이름을
발견한다. 그리고 이 딸에게서 스토크가 포클랜드 전쟁에
참여하였다는 사실을 듣는다. 결국 전쟁에서의 극단적 경험
이 한 인간을 별거로, 회사에서의 불화로, 그래서 술 중독과
노숙과 감옥으로 이끌었는지도 모른다. 인간의 생애를 지배
하는 것은 크고 작은 충격들이다. 영화는 이 며칠간의 여정
을, 별다른 설명이나 대사 없이, 무미건조하게 보여준다.

"사례 종결"

　메이의 생활은 한결같다. 그는 늘 무표정한 얼굴에 똑같은 옷을 입고, 똑같은 걸음걸이로 집과 사무실을 오고 간다. 사무실에 들어서면 옷을 걸고, 컴퓨터를 켜고, 서랍에서 서류를 꺼내 책상 위에 펼친다. 그는 커피 한 잔에 사과 하나 그리고 빵 하나를 점심으로 먹는다. 저녁도 크게 다르지 않다. 죽은 사람을 방문하고, 그 유품을 정리하며, 고인의 유족이나 지인에게 연락하고, 그 시신은 화장하거나 땅에 묻는다. 하지만 그 어떤 사안도 그는 함부로 다루지 않는다. 화장 후 남은 뼛가루를 그는 나무 아래 천천히 뿌린다. 하지만 스토크의 죽음을 알게 되던 바로 그날 그는 해고를 통보받는다. 꼼꼼하지만 일처리가 늦고, 화장보다 매장을 많이 해서 '낭비'했다는 이유에서였다. 새로 온 직원은 큰 흙구덩이에 뼛가루를 두 통씩 마구 쏟아부었다.

　하나의 일이 끝나면 메이는 고인의 사진을 조심스레 떼내어 봉투에 넣고 그 서류에 '사례 종결(case closed)'이라고 쓴다. 그러고는 서류철을 접어 서류장에 차례대로 꽂는다. 사람의 죽음은 하나의 사례일 뿐이다. 하지만 메이는 이 일을, 누가 보든 보지 않든, 충실하게 수행한다. 그는 스토크의 관을 구입하고 묫자리를 정한다. 이 일이 끝나면 그의 직장도 끝이다. 그는 죽으려 시도한다. 하지만 그 순간 전화벨이 울린다. 켈리 스토크의 전화다. 그녀는 자신과 엄마를 버리고 떠난 아버지를 미워했지만, 그래서 장례식에 올 생각이 처음에는 없었지만, 메이로부터 전해 받은 앨범에 어린 시절의 자기 사진이 들어 있는 것을 본 후 마음을 바꾼 것이다. 그러나 그 앨범은 메이가 새로 구입한 것이다.

켈리를 만나던 날 메이는 하늘색 화사한 티를 껴입는다. 그가 옷을 바꿔 입는 것은 이때가 처음이다. 그는 말한다. 장례식에 쓸 곡을 고르고, 비석도 스토크가 군대에서 쓰던 베레모 색으로 정하고, 묫자리도 마을이 내려다보이는 곳에 정하려 한다고. "밝은 날에는 멀리까지 보일 것이고, 그러면 고인은 땅속이 아니라 바깥으로 여길 겁니다." 이 말에 켈리는 가만히 미소 짓는다. 말은 하지 않았지만 깊이 감동받은 것이다. 그래서 금요일 장례식이 끝나면 차나 초콜릿이라도 같이 마시고 싶다고 헤어질 때 말한다. "기대하겠습니다." "그럼 장례식 때 뵈어요. 고마워요." "고맙긴요, 내 일을 했을 뿐인 걸요."

그러나 두 사람의 만남은 이것으로 끝난다. 메이는 한 가게에 들어가 개가 그려진 컵 두 개를 산다. 유기견을 돌보는 일을 하는 그녀가 개를 좋아한다는 것을 알기 때문일 것이다. 하지만 컵은 전달되지 못한다. 메이는 길을 건너다가 차에 부딪친다. 바닥에 쓰러진 채 눈을 껌뻑이는 그의 귀에서는 피가 흘러내린다. 이제 화면 전체가 검게 덮인다. 그가 잠든 관 옆에는 신부 한 사람만 서 있다. 주검을 돌보던 메이의 삶도 '하나의 사례'로서 '종결된' 것이다.

사물들의 풍경 ─ 탁자, 베개, 크림통, 사진….

결국 남는 것은 떠나간 사람의 유품들과 이 유품에 깃든 크고 작은 흔적들이다. 가지런히 차려진 식탁에는 음식 받침대가 놓여 있고, 여기에 빵을 담은 접시와 커피 잔 그리고 사과 한 알이 놓여 있다. 침대 옆에는 전등과 휴지통, 지갑과 목걸이와 이런저런 옷가지들이 있다. 그 가운데 푹 꺼진 베개도 있다. 아마 며칠 전까지 고인은 이 베개를 베고 잠을 자고 일어나고, 그러다가 어느 날 이 세상을 떠났을 것이다. 모든 게 하나의 조용한 그림 ─ 정물화가 아닐 수 없다.

영화를 본 후 내 뇌리에 남아 있는 풍경들 가운데는 바닷가에 서서 돌을 던지는 존 메이의 모습이 있다. 그는 이 바닷가 마을의 골목을 여기저기 돌아다니며 스토크의 행적을 쫓는다. 그러다가 한 생선가게로 들어선다. 이 가게에서 얻어온 생선을 싼 신문지를 그는 집으로 돌아가는 버스 안에서, 아무 말 없이, 펼쳐놓고 무심하게 바라보기도 한다. 이 생선을 그는 저녁에 구워 먹는다. 어느 날 저녁거리를 산 후 그는 집으로 가다가 어떤 차의 뒷문이 열린 것을 보고 소리친다.

　　　　　　　　제1부　일상의 깊이를 향하여

하지만 운전수는 듣지 못한 채 떠나고, 차가 지나간 길바닥에는 아이스크림 몇 개가 떨어져 있다. 이어지는 화면은 거실에 앉아 이 아이스크림을 먹는 메이를 가만히 보여준다.

이런 장면도 있다. 출근하면서 직장 상사의 차가 보이자 이 차 옆에 서서 그는 오줌을 눈다. 오줌을 누기 전에 그는 가방을 좀더 멀찌감치 다시 놓는다. 장례식도 산 사람을 위한 것이고, 그래서 슬픔도 눈물도 없는 게 낫다고 이 차의 주인은 말했었다. 메이가 일을 보는 이런 풍경을 옆으로 한 채 몇 대의 차가, 아무 일도 없다는 듯이, 지나간다. 내게 가장 인상 깊었던 장면의 하나는 빌리 스토크의 집에 있는 소파의 다리 하나가 부서졌다는 것, 이렇게 빠진 다리에 몇 권의 책이 고여 있던 모습이었다. 그런데 켈리 집의 소파 하나도 그 다리가 부서져 책으로 고여 있었다. 메이는 이 의자를 신기한 듯 쳐다보고는 천천히 시선을 돌려 맞은편 의자에 앉은 개를 쳐다본다. 그러면서 싱긋이 미소 짓는다. 무심한 메이가 밝은 표정을 지을 때는 사물을 바라볼 때다.

이 모든 풍경을 카메라는 조용히 비춘다. 카메라의 시선은 물론 감독으로부터 온다. 그것은 관조觀照의 시선 ― 조용히 관찰하면서 비춰보는 시선이다. 관조의 시선은 스스로 생각하면서, 이렇게 비춰진 대상에 대하여 생각하게 한다. 관조 속에서 생활의 면면은 새롭게 태어난다. 삶의 매 순간순간은 하나의 정물화다. 이 순간의 정물화들이 이어지면서, 마치 사진의 정지한 이미지가 영화의 움직이는 이미지로 변해가듯이, '죽은 자연(nature morte)'이 살아 움직이기 시작하는 것이다. 그러면서 여러 개의 풍경이 스냅 사진처럼 하나로 엮어진다. 그리하여 하나의 풍경 속에 또 하나의 풍경이 있고, 하나의 풍경 밖에 또 다른 풍경이 있다. 인간은 고작 일흔 혹은 여든 생애의 풍경을 만들다가 떠나간다.

죽고 난 후

아직도 내 감정의 여진이 남아 있는 것은 영화의 마지막 장면이다. 메이의 관을 실은 장례차가 묘역을 지나가는데, 한 무리의 사람들이 한쪽에 서 있다. 빌리 스토크의 장례식이다. 그의 묘지 주위로 열 댓 명의 조문객이 빙 둘러 서 있다. 생전에 스토크가 알고 지내던 사람들 — 생선가게 여자와 그 딸, 서너 명의 전우에 노숙자들까지 왔다. 오기 어렵다던 제빵 회사 동료도 보인다. 물론 켈리도 서 있다.

이들 옆으로 좀 떨어진 거리에서 존 메이를 실은 장례차가, 누구의 배웅도 없이, 성직자 한 사람과 또 다른 한 사람만 대동한 채, 천천히 지나간다. 그의 죽음에 주목하는 사람은 없다. 날지도 못하는 새의 이름이 뭐지요? 화장터 직원의 이 질문에 언젠가 메이는 지체 없이 대답한다. "도도새". 도도새는 날지 못해 손쉬운 먹잇감이 된다고 한다. 메이는 도도새처럼 '적당하게' 진화하지 못했는지도 모른다. 무슨 느낌이 들었는지 켈리는 고개를 돌려 메이의 차 쪽을 잠시 바라본다. 오지 않을 사람이 아닌데, 그는 왜 안 나타난 것일까? 그녀는 주위를 두리번거린다. 오, 얼마나 많은 인연이 맺어지지 못한 채 사라지고 마는 것인가? 그리고 그렇게 사라진 인연에도 불구하고 우리는, 마치 아무 일도 없다는 듯이, 그저 살아가는가? 그녀는 유모차에 앉아 있는 아기의 팔을 가만히 쓰다듬는다.

이윽고 스토크의 조문객들이 하나둘씩 떠나고, 메이의 무덤을 다지던 일꾼들도 떠난다. 켈리도 떠난다. 그런데 이것으로 끝이 아니다. 모두가 떠난 메이의 무덤가로, 마치 허공 속을 걸어오듯이, 하나둘씩 영혼들이 다가와 그 주변을 둘러싼다. 한 명 두 명, 세 명 열 명, 스물 명 서른 명… 이들의 사진을 메이는 장례식 후 서류철에서 떼내어 자기 앨범에 차례대로 보관해 두었던 것이다. 갑자기 눈물이 쏟아져 내렸다. 이번에 다시 영화를 보았는데, 또 그랬다. 격해지는 감정을 나는, 안경을 벗은 채, 한참이나 다독여야 했다.

무덤가에서 낭독하는 사람

지금까지의 이야기는 영화 속 내용이다. 영화와 현실 사이에는 거리가 있다. 비록 주인공 메이가 런던 구청의 직원으로 나오지만, 그리고 이 직위는 그의 존재에 현실감을 부여하지만, 영화가 곧 현실인 것은 아니다. 그런데 메이와 비슷한 삶을 실제로 살아가는 사람을 나는 최근의 한 신문에서 읽은 적이 있다. 그 제목은 「중간세계의 시학(Poesie der Zwischenwelt)」이었다.(sueddeutsche.de, 2016. 10. 30.)

리하르트 로렌츠R. Lorenz라는 사람은 소설을 쓰기 전에 실제로 간병인으로 일했다고 한다. 그런데 소설가로 데뷔한 후에도 무덤 주위를 돌아다닌다. 그렇게 다니면서 아무도 돌보지 않는 무덤을 바라보고, 죽은 자의 이름과 생몰연도 그리고 비석에 의지하여 이런저런 얘기를 만들어낸다.

그렇게 로렌츠가 낭독을 시작하게 된 계기가 흥미롭다. 그는 원래 환자를 돌보는 일을 하다가 직업교육을 더 받으면서 정신의학을 공부하였다고 한다. 그런데 그의 낭독회에 오고 싶어했지만 그러지 못하고 세상을 떠난 한 환자가 있었다. 그는 이 환자를 위해 그의 무덤가에서 낭독을 해주었다. 이때 이후 그는 아는 사람을 위해서 뿐만 아니라 알지 못하는 사람을 위해서도, 나아가 세상을 떠난 사람을 위해서도 낭독을 해주기 시작했다는 것이다. 그는 말한다. "잊혀지지 않으려는 것은 인간의 큰 욕구이지요." 작가로서 그는 현재 실패하고 좌절하며 꺾이고 쓰러진 자의 삶을 기록하고,

이런 자들이 묻혀 있는 무덤가에서 낭독하며 살아간다.

삶, 하나의 정물화

저녁 무렵 바람이 불면 조용하던 연못에서 개구리들이 일제히 울기 시작한다. 개골개골, 개골개골. 주변이 갑자기 왁자해진다. 오른편으로는 푸른 잔디밭이 펼쳐져 있고, 그 넓은 곳의 한 켠에는 작은 무대가 있으며, 그 무대 위에는 하나 둘 셋 넷… 대여섯 명의 아이들이 장난치며 놀고 있다. 해가 많이 길어졌다. 시계를 보니, 저녁 7시 50분. 일주일에 한 번쯤 나는 이곳 동네 수영장에 온다. 그 옆에는 공원이 있다. 이 공원의 언덕배기에 놓인 의자에 앉아 나는 잠시 그 주변을 바라본다. 간간히 경춘선 기차가 지나가고, 머지않아 어둠이 밀려올 것이다.

일주일 가운데 이때가, 가만히 돌아보면, 내게는 관조의 시간이 되는 것 같다. 내가 생계의 구성원들 가운데 한 명으로 살다가 잠시 그 대열을 빠져나온 듯한, 이렇게 빠져나와 여전히 진행되는 삶의 사건을 일정한 거리 속에서 바라보며 생각해보는 시간. 지금은 관조의 시간이다. 이 관조적 시선 속에서 삶은 하나의 정물화가 된다.

영화 속 주인공은 길을 가다가 자주 멈춰 서고, 주변을 버릇처럼 응시하곤 한다. 어느 관리인이 집을 먼저 나간 후 그는 그 문을 닫기 전에 안쪽 실내를 바라보기도 한다. 어느 날 들린 묘역의 한갓진 풀밭에 드러누워 그가 하늘을 바라볼 때, 하늘을 배경으로 어른거리는 나뭇잎의 흔들림에도 관조적 순간은 깃들어 있다. 세상은 잠시 멈춰선 시선 아래 제 모습을 드러낸다. 아마도 내 삶의 전체는, 마치 무대에서의 아이들 놀이처럼, 잠시 이어질 것이다. 그러다가 귀가하는 아이들처럼, 내 삶도 어디론가 돌아갈 것이다. 다시 바람이 분다. 아직 해는 지지 않았다.

관조는 조용한 삶의 특별한 선물이다. 삶이 조용할 때, 내가 쓰는 글이 무엇인지, 책은 왜 읽으며, 삶은 어디로 나아가는지 물어볼 수 있다. 조용한 시간 속에서 삶은 비로소 하나의 정물화 ― 하나의 성찰적 그림이 된다. 그러나 오늘의 삶은 조용하지도 않고, 이 삶 속의 나도 관조적이지 못하다. 고요나 관조는 이미 사라진 시대의 답답하고 고루하며 케케묵은 가치처럼 보이는 것이다. 하지만 정말 그런 것인가?

(2017)

제1부 일상의 깊이를 향하여

석곡을 키우며

일상의 깊이를 향하여

나는 풀과 나무를 좋아하지만, 우리 집 베란다에는 화분이 몇 개 되지 않는다. 독일에서 가져온 베고니아가 하나 있고, 아직도 그 이름을 모르는 화초花草 하나, 그리고 가장 흔한 난인 철골소심鐵骨素心 화분이 두 개 있다. 지난 가을에 꽃을 피웠지만 이제는 시들어버린 노란 국화 화분도 하나 있다. 여기에 작년 2월부터 석곡石斛 몇 포기가 더해졌다.

석곡 다섯 포기

겨울방학이 끝나가던 작년 2월 말 나는 드라이브 삼아 팔당댐 쪽으로 갔다. 그 부근의 하남 화훼단지는 사실 오래전부터 가보리라고 마음먹고 있었지만, 많은 일이 그러하듯이, 차일피일 미루다가 개학이 다 되어서야 겨우 찾아가보았다. 눈에 띄는 가게에는 다 들러 석곡을 문의해보았으나, '그런 것은 팔지 않는다'는 답변만 들었다. 난초 가게는 많았지만 대부분 서양란이었고, 이 화초들은 내게 너무 크고 화려해 보였다. 꽃을 담은 화분 모양이나 색깔도 마음에 와닿지 않았다. 석곡이 그렇게 귀하거나 드문 것은 아닐 터인데 왜 없지, 하면서 가던 발걸음을 되돌려야 했다. 그러다가 마음이 아쉬웠는지 주차장 옆 한 가게에 거의 포기하는 심정으로 들어갔다. 그런데 웬걸, '있다'고 하였다. 얼마나 반갑던지.

주인을 따라 갔더니, 폭이 4~5센티미터도 되지 않는 작고 허술한 플라스틱 화분에 가로 대여섯 개, 세로 열 개쯤 해서 한 세트로 석곡이 빼곡 심겨져 있었다. 심겨 있다기보다는 내팽겨진 채로 방치되어 있었다고 말하는 것이 더 정확할 것이다. 이 플라스틱 화분에 엉성하게 심겨진 석곡을 나는 다섯 포기 샀다. 한 포기당 1,500원씩이었는데, 각 포기는 서너 줄기씩 묶여 있었다. 거의 기아상태였다. 흙 대신 굵은 모래를 화분 바닥에 깔고, 그 위에 수초를 심으라는 주인 얘기만 들었다. 그로부터 수초를 좀 얻을 수 있었고, 토기 화분은 옆 가게에서 다섯 개 구입했다. 하지만 줄기가 워낙 앙상하여 화분 네 개로도, 무슨 광야에 심은 것처럼, 휑하게 보였다. 그래도 드디어 석곡을 키운다는 사실에 얼마나 기쁘던지.

그런 마음으로 나는 집에 와서 조심스럽게 석곡을 하나씩 옮겨 심었다. 어떻게 물을 줘야 하고, 관리는 어떻게 해야 하

제1부 일상의 깊이를 향하여

는지 전혀 알지 못했기 때문에 인터넷에서 서너 군데 찾아보았다. 그렇게 며칠에 걸쳐 찾아본 내용 가운데 어떤 것은 출력하여 밑줄 그으며 보기도 했다. 평소에 없던 정성을 기울인 셈이다.

마른 돌과 죽은 나무에서

내가 석곡이라는 식물을 눈여겨보기 시작한 것은 3, 4년은 된 듯싶다. '문화의 안과 밖' 강연 시리즈 건으로 일주일에 두 번 안국동 사무실로 나갔는데, 월요일이나 수요일 낮에는 점심을 먹은 후 찻집에 들리곤 하였다. 그런데 이 찻집의 탁자에는 이런저런 화초가 심겨져 있었고, 그중 하나가 바로 이 석곡이었다.

이 난의 이름이 무엇인지 나는 물론 처음에 몰랐다. 접시모양의 널따란 화분에 굵은 모래알이 깔려 있었고, 이 모래 위에 주먹보다 더 큰 돌 하나가 놓여 있었다. 이 돌을 지침대삼아 손가락 굵기의 석곡 줄기 서너 개가 나 있었다. 이 줄기는 하얗게 투명한 외피로, 마치 대나무처럼, 마디를 이루며 감싸여 있었다. 키도 크지 않았다. 한 뼘 정도이니, 10센티미터 내외쯤 될까. 잎도 많지 않았다. 겨우 두세 개 혹은 네다섯 개 달려 있었다. 하지만 그 잎은 짙었다. 이렇게 짙은 채로 한두 해를 그대로 넘기는 것으로 보였다. 내가 갈 때마다, 그것이 봄이든 가을이든, 아니면 작년이든 올해이든, 그 모습은 크게 변하지 않았으니까. 그런데 어느 날 보게 된 하얀 꽃은 정말이지 소박하고 정갈해 보였다. 손님이 없던 어느 날 가만히 다가가 냄새를 맡아보니 그 향기는 여리되 그윽하였다.

처음 보았을 때, 무슨 이런 식물이 있는가 싶었다. 하지만 이 화초가 준 인상도 잊고 지냈다. 그러다가 언젠가 불현듯 떠올라 다시 찾아보았다. 그 이미지를 뒤진 결과 이 난의 이름이 '석곡'이라는 것을 비로소 알게 되었다. 원래는 오스트레일리아에서 자생하던 것이었는데, 19세기 말 어느 일본인 식물학자가 채집하여 재배에 성공하기 시작하였다는 설명도 덧붙여 있었다. 놀라운 것은 이 식물이 그냥 흙이 아니라 메마른 바위나 죽은 나무 위에서 자란다는 사실이었다. 충분한 물이나 흙의 양분도 없이, 그저 햇볕만으로, 마른 돌과 죽은 나무 위에서 어떻게 화초가 자라나는 것일까? 석곡은 그렇게 자생하는 화초였다. 줄기로 자라나고 이 줄기에서 잎이 나면서 커가다가 물이 너무 많으면 뿌리가 썩어 죽고, 물이 너무 적으면 말라 죽기도 한다. 이런 환경적 불리를 이겨내기 위해서인지, 아니면 있을 수 있는 그런 조건에 미리 대비해서인지 정상적인 줄기에서도 뿌리가 한두 개씩 생기기도 하였다. 놀라운 자생력自生力이고 자생술自生術이지 않을 수 없다.

제1부 일상의 깊이를 향하여

불필요한 것은 가능한 한 덜어내고 필요한 것은 최소한으로 갖추는 것, 그것은 식물에 있어서나 인간 삶에 있어서나 생존의 핵심으로 보인다. 허영을 줄이는 일이기 때문일까. 석곡의 이 같은 모습을 볼 때마다 나는, 얼마나 스스로를 단련해야 메마른 돌과 죽은 나무 위에서도 뿌리를 내릴 수 있는지, 그렇게 줄기와 잎으로 자라나 꽃까지 피울 수 있는지를 생각하곤 하였다. 그럴 때면 '철골소심鐵骨素心'이라는 말이 절로 떠올랐다. 아마도 모든 난초蘭草에는, 특히 동양란에는 이런 강철 같은 뼈대와 소박한 마음이 스며 있으리라. 어디 동양란뿐이겠는가? 바른 삶에는 허영 없이 자생하려는 철골소심이 들어 있다. 언젠가 기회가 되면 석곡 몇 뿌리를 사서 키워봐야겠다고, 그렇게 집에서 키우고 싶다고 마음먹은 것은 그 무렵이지 않았나 싶다.

포기 나누기

그렇게 석곡을 심고 나서 대여섯 달이 지나갔다. 지난 여름이던가, 물을 많이 주어서인지 몇 촉이 썩어버렸다. 하는 수 없이 그 뿌리를 솎아주어야 했다. 그리고 삽목揷木을 했다. 그것은 살아 있는 줄기 축을 잘라 수태에 그냥 반듯하게 꽂아두면 되었다. 내친 김에 나는 뭉친 포기들을 나누어 주었고, 그동안 모래가 너무 적은 것 같았던 화분은 다른 못쓰

게 된 화분의 모래로 채워 주었다. 또 줄기가 썩지 않도록 수
초를 모두 꺼내어 이전보다 더 듬성하게, 그래서 너무 들러
붙지 않도록 다시 풀어 놓았다. 그래서 화분도 하나 더 늘어
났다. 이렇게 하는 데도 두세 시간이 걸렸다. 세수로 얼굴의
땀도 씻어내야 했다.

석곡은, 이런저런 정보에 의하면, 한두 해는 지나야 꽃을
피우고, 개화 시기도 5, 6월이라고 알고 있었다. 그런데 지난
9월 말에 싹이 텄다. 잎은 아닌 것 같고, 꽃눈인가? 집에 오
면 너무도 신기해서 나는 가방을 놓자마자, 이 녀석들부터
가까이 다가가 들여다보곤 하였다. 거실에 있으면 베란다로
옮기고, 베란다에 있으면 거실로 옮겨주었다. 그러다가 수초
가 완전히 마른 것 같으면 물을 주면서 그 잎을 만져보기도
하였다. 그렇게 비실대던 석곡이 꽃까지 피운 것은 아마도
그런 정성이 통해서일 것이라고 아내는 말하였다. 하지만 둘
째 아이는 나의 이런 태도가 낯설었는지 이렇게 말했다. "아
빠, 어디 머리 부딪치셨어요?" "응?" "제가 그렇게 말을 안
들었던지…." 아이는 말끝을 흐렸다. 싱긋 나는 웃었다.

햇살 밝은 날 베란다에 가지런히 놓인 석곡 화분과 이 화
분에 심긴 그 잎과 줄기는 보기에 좋다. 지금은 12월 말인
데, 그 사이 다섯 개 화분 모두에서, 한 줄기든 두 줄기든, 꽃
이 피었거나 꽃눈이 싹트고 있다. 풍년이 아닐 수 없다. 이들

을 바라보는 내 마음은, 마치 정신의 친척을 대할 때처럼, 저 깊은 곳으로부터 푸근해진다. 아마도 다가올 두어 주 동안, 또 그 다음 주와 다음 달에도 석곡 줄기는 더 단단하며 투명해질 것이고, 그 잎들은 더욱 짙어갈 것이다. 그런 잎과 줄기 아래 또 다른 뿌리가 생겨나고, 이 뿌리에서 새로운 싹도 틔워질 것이다. 아마도 그 후에 꽃은 피어날지도 모른다. 이 싹과 줄기와 잎에 햇볕이 비치고 바람이 지나가면, 석곡은 점점 더 제 모습을 갖춰갈 것이다.

그러니 석곡을 키운 것은 내가 아니라 빛과 물과 바람이다. 내가 한 것은 가끔 물을 주고 그 줄기를 쓰다듬은 것일 뿐. 그러면서 나는 나의 일상을 돌보았다. 이럴 때면 가끔, 김수영金洙暎 시인의 어떤 구절 — "혁명革命은 안 되고 나는 방만 바꾸어버렸다"라는 문장이 떠오르곤 했다.

"녹슬은 펜과 뼈와 광기狂氣" 사이에서

김수영의 널리 알려진 시 가운데 이런 작품이 있다.

혁명革命은 안 되고 나는 방만 바꾸어버렸다
나는 인제 녹슬은 펜과 뼈와 광기狂氣 —
실망失望의 가벼움을 재산財産으로 삼을 줄 안다
이 가벼움 혹시나 역사歷史일지도 모르는

이 가벼움을 나는 나의 재산財産으로 삼았다

혁명革命은 안 되고 나는 방만 바꾸었지만
나의 입속에는 달콤한 의지意志의 잔재殘滓 대신에
다시 쓰디쓴 냄새만 되살아났지만

방을 잃고 낙서落書를 잃고 기대期待를 잃고
노래를 잃고 가벼움마저 잃어도

이제 나는 무엇인지 모르게 기쁘고
나의 가슴은 이유 없이 풍성하다

김수영, 「그 방을 생각하며」(1960) 중에서

　이 작품은 4.19 혁명 후에 쓰였다. 사회변혁의 시도가 좌
초된 후 할 수 있는 것은 무엇인가? 시인이 한 것은 '방을 바
꾼' 일이다. 아니다. 더 정확히 말하여, 그는 "방만" 바꾼다.
그는 "방을 잃고 낙서落書를 잃고 기대期待를 잃고" "노래를
잃고 가벼움마저 잃"었다고 토로한다. 그래서 "펜과 뼈와 광
기狂氣"는 "녹슬"고, 시인은 이제 "실망의 가벼움을 재산으
로 삼을 줄 안다". 그러나 이 가벼움이 "역사"일 수도 있다.

이 좌절은 쓰라리지만, 그럼에도 그는 쓴다. "이제 나는 무엇인지 모르게 기쁘고", "나의 가슴은 이유 없이 풍성하다".

한국사회는 재작년과 작년에 걸쳐 엄청난 사회정치적 변화를 겪었다. 그 후 이른바 '적폐청산'이 계속되고 있다. 우리 사회의 불합리한 구조 ― 크고 작은 불법과 비리, 부패와 갑질 같은 후진적 행태는 마땅히 개선되어야 한다. 그 개선도 아마 한두 해로 끝나는 것이 아니라, 항구적으로 이뤄져야 할 것이다. 그러면서 그것은 또 다른 불공정과 특권으로 귀결되어선 곤란하다. 우리의 사고는 이전보다 더 신중하고 복합적으로 매개되어야 한다. 사고방식의 참된 개혁은 혁명으로도 어렵다고 칸트가 말하지 않았던가?

민주화 이후에 남은 것이, 자주 지적되듯이, 세부사안에서의 충실이라면, 그것은 다른 식으로 말하여 '생활의 내실화'가 될 것이다. 이 내실 있는 생활에는 정치적 법률적 민주화 이외에도 공동체 의식의 고양이나 도덕훈련, 그리고 이 모든 것을 포함하는 문화의 성숙이 필요할 것이다. 여기에 "펜과 뼈와 광기" ― 기존과는 다른 글과 신념과 열정이 더해질 것이다. 새로운 감각과 논리는, 마치 시인이 방만 바꾸는 가벼운 실망도 이제는 사랑하듯이, 생활의 어떤 작은 변화도 외면하거나 무시하지 않아야 할 것이다. 내가 석곡을 키우기 시작한 것도 나의 녹슨 펜이 현실에서 맞닥뜨린 절망감 때문이라고 말할 수 있을 지도 모른다.

내가 사랑하는 것들

주말이면 나는 하루 종일 집에 있다. 외출할 때도 있지만, 그런 일은 거의 없다. 설령 그런 일이 있다고 해도 나는 가능한 한 빨리 돌아오는 편이다. 그래서 쉰다. 이런 휴일에는 바흐가 좋다. 오전에는 바이올린 협주곡 같은 경쾌하고 밝은 곡이 편하고, 오후에는 좀더 조용하고 담담한 곡들—〈프랑스 조곡〉이나 〈영국 조곡〉 아니면 〈파르티타〉 같은 피아노 솔로 곡이 적당한 것 같다. 편안하고 한가로우면서도 아름답고 어딘가 모르게 고귀한 선율들, 이런 곡을 들으면서 나는 휴일 오후를 보낸다. 이런 일상적인 것들을 나는 소중히 여긴다.

일상적인 것들의 목록은 길다. 그것은 이를테면 휴일 오후의 조용한 휴식과 따뜻한 햇살, 그리고 이 햇살이 비치는 베란다에 놓인 몇 개의 화초를 지긋이 바라보는 일이다. 아니면 정오가 가까워올 때까지 실컷 잠을 자거나, 늦은 오전 식탁 위에 식구들 수저를 놓고 밥과 국을 올리고, 그러고는 둘러앉아 식사하며 이런저런 얘기를 나누는 일. 요즘처럼 냉이나물이나 봄동을 맛볼 때, 혹은 거실 벽에 비친 햇살을 초점 없는 시선으로 가만히 쫓아가는 것. 그러다가 다시 책을 집어 들고, 그 글을 한 줄씩 읽어내려 가는 일. 하지만 이일은 전축에서 흘러나오는 어떤 친숙한 선율 앞에서 잠시멈춰지기도 한다. 그러면 나는 읽기를 그만두고 그 선율에귀를 기울인다. 그러다가 다시 읽기 시작하고, 그렇게 읽다가 인상 깊은 구절이 나오면 그 문장 밑에 줄을 긋기도 한다. 그렇게 천천히 줄을 긋다가, 어떨 때에는, 나도 모르게 꾸벅졸기도 한다. 잠의 요정이 나도 모르는 사이에 쓰나미처럼몰려와 날 포위하고 엄습한 것이다. 그러면 내 넋은 미처 투항의사를 밝히기도 전에 빼앗기고 만다. 그래서 30분 혹은한 시간 아주 곤하게, 세상 모른 채, 잠에 빠져드는 일…. 이런 일도 나쁘지 않다. 이런 잠결 속에서 누군가의 목소리를듣거나, 창밖 바람결에서 가을 잠자리나 어느 봄 혹은 겨울날에 지나가던 까치의 날갯짓 같은 것을 느끼기도 한다.

삶의 매 순간순간에는 얼마나 다채롭고 얼마나 이질적이며 얼마나 다양한 뉘앙스가 포개어져 있는가? 과거와 미래가 이 순간에 만나고, 어머니나 누이의 얼굴이 옛 연인의 모습과 겹쳐져 있듯이, 즐거웠던 한때와 아직 이뤄지지 못한일의 회한이, 마치 한 뿌리에서 자라나온 줄기처럼, 서로 얽힌 채 조금씩 드러난다. 그러면서도 아무 일도 일어나지 않고, 아무런 방해도 받지 않으며, 아무런 의무나 가책 혹은 후회를 느끼지 않아도 되는 마음 편한 시간. 이것이 바로 이 휴일 오후의 서너 시간 휴식이다. 나 혼자이면서도 나 아닌 다른 많은 사람들과 같이 숨을 쉬고, 그래서 나의 세계가 세상의 전체처럼 느껴지는 시간. 이런 때면 이미 취하던 나의 자세를 그저 그대로 두는 데도 기쁨이 생겨난다. 지금 이때 이 순간의 살아 있음 속에서 현존의 충일성을 느끼고, 이 충일한 전체를 향유하는 일…. 나는 이런 시간들을 사랑한다.

거실은 대개 밝지만 비가 오거나 날씨가 흐릴 때면 침침해지기도 한다. 나는 전등을 켜기보다는 그냥 그대로 앉아 있기를 좋아한다. 거실로 들어온 햇볕이 때로는 벽 쪽에 붙은 찬장 유리에 반사되어 반대편 소파에 기대앉은 내 쪽에까지, 이렇게 앉은 내 무릎 위의 책에까지 비쳐들기도 한다. 그 빛은 여러 차례 굴절되어 더 부드럽다. 놀라워라, 빛의 궤적이여! 행복은, 우리가 전혀 생각하지도 않고, 그 어떤 기대나 의도의 끈마저 놓아버릴 때, 우연히 그리고 느닷없이 덮쳐온다. 우리는 행복이 어떻게 생겼는지 잘 알지 못한다. 우리가 보는 것은 달아나는 그 꽁무니뿐. 이 햇살도 오래 머물지 못한다. 아마도 이 글을 쓰는 동안 이미 증발해버릴 것이다. 하지만 이 소멸의 슬픔보다 일상의 기쁨은 더 오래가는 듯하다.

일상적인 것의 이데아

매일매일 우리가 겪는 것은 흔하디흔한 것들이다. 나날의 삶은 따분하고 구차하고 비루하기 쉽다. 그러면서도 반드시 하찮은 것은 아니다. 하루하루는 지루하고 무의미할 수 있지만, 그 순간은 때때로 너무도 생생하고 활기찬 것이기도 하다. 단지 그 활기는, 우리의 주의를 받지 못한 채, 숨어있을 뿐이다.

가장 흔해빠진 사물도, 우리가 어떻게 보고 어떻게 느끼며 어떻게 다루느냐에 따라, 마치 새로운 빛 아래 발견된 것처럼, 특별할 수 있다. 이 일상을 비추지 못한다면, 학문의 언어란 얼마나 빈약할 것인가? 나는 이 숨겨진 일상에 무한한 매력을 느낀다. 그냥 보면 아무런 특별할 것도 없는 듯이 여겨지지만, 그러나 조금만 주의하여 들여다보면 하나씩 드러나는 세목細目들은 말할 수 없이 신기하다. 낱낱의 일상은 무기력하거나 변덕스런 것이 아니라, 끝 간 데 없는 비밀을 품은 듯하고, 그래서 삶 자체의 필연성처럼 느껴지기도 한다. 그것은 아무리 헤쳐 보아도 여전히 발견해야만 할 무엇으로 가득 찬 듯하다. 우리의 일상이 하찮을 수 없는 것은 이런 비밀 때문일 것이다.

우리는 삶의 나날을, 마치 하루 종일 햇볕에 마른 빨랫감을 갤 때처럼, 상큼한 냄새와 뽀송뽀송한 촉감 속에서 감지할 수 있는가? 그럴 수 있다면, 이 일상은 결코 얕을 수 없다. 그것은 차라리 '깊은' 일상이다. 이 일상은 일상이면서도 일상을 넘어서 있다. 참으로 깊은 일상은 일상의 안에 있으면서 그 밖에 존재한다. 이것을 우리는 '일상의 깊이' 혹은 '일상적인 것의 이데아'라고 부를 수 있을 것이다. 깊이 있는 일상은 초월적이다.

일상의 행복을 말한다고 해서 이 일상이 누구에게나 흐뭇할 것이라고 나는 물론 생각치 않는다. 한국의 사회정치적 구조는 되풀이하건대 구비되어야 할 것들이 아직도 많다. 이 땅에서는 정남향 아파트가, 똑같은 평수라도, 수백 수천만 원 더 비싸지 않는가? 우리는 햇볕을 누리는 데도 돈이 드는 기이한 나라에 살고 있다. 또 그런 조건이 다 구비되었다고 모두 행복한 것도 아니다. 각자에게는 각자에게 맞는 행복의 향유법이 있다. 구복口腹이 차오르면 행복하다고 느끼는 사람도 있고, 뭔가 의미 있는 일을 해낼 때 행복하다고 여기는 사람도 있다. 그리고 무수한 사람의 알려지지 않은 무수한 행복법이 그 옆에 있다. 그러면서도 하루하루는 어떤 근본적인 것 — 살아 있는 사람이라면 누구에게나 열려 있는 생래적 기쁨의 바탕이기도 하다. 마치 미세먼지로 가득 찬 며칠을 보내다가 청명한 하늘을 볼 때처럼 더없이 고마운 삶의 조건들…. 이 무상無償의 한계조건을 만끽하며 사는 경우란 흔치 않다. 우리 사회나 인간의 역사도 휴일 오후의 느긋한 시간처럼 될 수 있을까?

제1부 일상의 깊이를 향하여

서너 포기 석곡을 돌보는 일이 대단한 일일 수는 없는 것은 자명하다. 그것은 고작해야 시인의 '방 바꾸기'에도 못 미치는 사소한 일이다. 그런 점에서 좌절의 표현일 수 있다. 그러나 일상을 다독거리는 것은, 마치 "실망의 가벼움을 재산으로 삼는" 시인처럼, 더 나은 무엇을 위한 전환점이 될 수도 있다. 지금 여기에서 힘을 얻지 못한다면, 대체 어디에서 그것이 가능할 것인가? 일상적인 것은 가장 덧없는 것이면서도 가장 심오하기 때문이다. 가장 작고 사소한 것들의 변화야말로 깊은 의미에서 혁명적이기 때문이다. 그리하여 역사는 일상에서 시작된다. 내가 노래하고 싶은 것은 바로 이 삶 전체로 열린 일상의 깊이다. 석곡을 키우며 나는 녹슨 펜과 뼈대와 소심素心을 생각한다. 그리고 이 일은 그 자체로 "이유 없이 풍성하다".

새해가 되었다. 늘 그렇지만, 해가 바뀌었다고 생활이 금세 바뀔 수는 없다. 사회나 세상도 마찬가지일 것이다. 어쩌면 사람은 그대로인 채로 세월만 하염없이 오고 가는 것인지도 모른다. 그렇다고 해도 올해에는 이 땅에서의 일상이 좀더 깊어졌으면, 그래서 각자 어떤 일을 하고 무엇을 생각하더라도 나날의 틈만큼은 크게 요동치지 않았으면 좋겠다.

(2018)

사랑한다는 것은 "아무리 해도 다 갚을 수 없는 빚"이고, 그래서 "신의 법을 완성하는 것"이라고 했다. (『로마서』, 13:8~10) 사랑의 원칙이 우선되지 않으면 상황은 나아지지 않는다. 이 사랑으로 재가 된다고 해도 기만과 분쟁과 증오를 일삼을 수는 없다. 어떤 이념이나 슬로건도 삶에 대한 사랑의 원칙보다 중요한 건 아니다.

2010

성스러움에 대하여
프란치스코 교황을 생각하며

　오늘의 한국 사회에 누락되어 있는 것은 무엇일까를 나는
가끔 생각한다. 긴급하고도 중대한 가치로는 '정의'나 '평
등', '복지'나 '안정'이 있겠지만, 더 근본적인 것은 없는 것
일까? 이렇게 물을 때면 떠오르는 단어 중에는 '신성神性' 또
는 '성스러움'이 있다.

　우리는 흔히 성스러움을 종교적 사건으로 간주하는 데 익
숙하다. 그래서 신심이 없으면 성스러움을 체험하기 어렵거
나 평범한 사람들의 일상과는 무관한 것으로 생각하기 쉽
다. 그러나 정말 그런가? 신성함은 물론 종교의 틀 안에서,
이를테면 예배나 기도 같은 경건하고 엄숙한 의식儀式에서
가장 잘 체험할 수 있지만, 그렇다고 일상에서 경험할 수 없
는 것이 아니다. 얼마 전(2014)에 다녀가신 프란치스코 교황
온 '실천적 신앙인'의 모습으로 많은 사람들에게 깊은 감동

과 위안을 주었지만, 또 어떤 점에서는 지나친 듯한 열광은 결국 이 땅의 정치력이 무능하고 사회·경제적 제도가 미숙하기 때문에 나온 것이 아닌가 여겨져 씁쓸했지만, 어쨌든 그분은 나에게 신앙의 숭고함과 나날의 생계현실을 이어준 분으로, 그래서 성스러움이 과연 무엇인가를 생각하게 한 분이었다.

가장 작은 차 — '영혼'을 타고 다니다

프란치스코 교황의 놀라운 행보는 2013년 3월 즉위 이후 이미 여러 차례 확인되던 것이었다. 그가 취임한 지 보름 후 소년원을 방문해 수감자들의 발을 씻겨 준 것이나 — 여기에는 두 명의 무슬림도 있었다 — 생일에는 성베드로 성당 인근의 노숙자를 초대한 것은 그 자체로 놀라운 일이지 않을 수 없었다. 하지만 내게 더 감동적이었던 것은 그보다 소소한 일, 이를테면 아르헨티나 주교로서 교황에 선출된 직후, 그때까지 신문을 배달해 온 사람에게 직접 전화를 걸어 "이제 그만 보내도 되겠다, 로마로 가봐야 하기 때문"이라고, '늘 하던 대로 행하던' 일이었다.

이런 일상적인 경이로움은 멀리 갈 것도 없이 2014년 8월 14일 교황이 서울공항에 도착했을 때도 다시 한 번 확인되었다. 그는, 잘 알려져 있듯이, 공항에서 숙소로 이동할 때도

'소울Soul'을 타고 갔다. 그 스스로 선택한 이 가장 작은 차의 앞뒤로 거대한 리무진 혹은 벤츠가 경호하며 지나가는 행렬은 이 시대에 고귀함이란 무엇이고, 숭고함과 성스러움은 어떻게 드러나는지를 돌아보게 했다. 나는 신으로서의 예수가 아니라 비범한 인간으로서의 예수를, 아니 더 정확히 말해 신성을 구현한 인간적 현현으로서의 예수를 잠시 떠올렸다.

약자의 편에 서는 교황의 삶은 잘 알려져 있지만, 그는 불평등과 빈곤을 야기하는 정치·경제적 제도의 불의를 과감하게 지적하기도 했다. "이 체제가 존속하기 위해서는, 거대한 제국들이 늘 해왔듯이, 전쟁이 수행되어야 한다. 그러나 제3차 세계대전을 일으킬 순 없기 때문에 사람들은 국지전을 하게 된다. (…) (하지만) 경제체제는 인간에게 봉사해야 한다. 그런데 우리는 돈을 중심으로 삼고 있고, 돈을 신으로 모신다"고 그는 스페인 신문과의 인터뷰에서 최근에 말했다고 한다.(『Die Zeit』, 2014. 6. 13.) 이런 큰 테두리의 이야기 속에서도 그는 작은 이야기 — 사람과의 만남에서 일어나는 나날의 기쁨을 도외시하지 않았다. "기쁨은 받아들여지고 이해되고 사랑받는다고 느끼는 데서, 그리고 받아들이고 이해하고 사랑하는 데서 생깁니다." 그는 가족과 함께 일요일을 보내라고 촉구했다.

누멘적 감각

　진실함은 어떤 가르침이나 훈계 속에 있는 것이 아니라 행동 속에서, 사람과 만나고 인사하며 듣고 얘기하는 태도 속에서 이미 드러난다. 그것은 권위나 계율을 통해 '전해지는' 것이 아니라, 태도와 몸짓 속에 깊게 '배어 있다'. 진실이 태도와 몸짓에 배어 있을 때, 우리는 어떤 고귀함과 성스러움 — 신성성을 느낀다.

　신성함은, 엄격한 의미에서 보면, 반드시 선험적·초월적 차원에 있는 것이 아니라, 지금 여기의 현존 방식 속에 벌써 비춰지는 것이다. 그러니까 놀라움의 흔적은 저기 저 멀리 우리와 무관하게 놓인 것이 아니라, 바로 여기에, 우리가 숨 쉬며 있는 지금 이 자리에서 일어나는 사건인 것이다. 이것을, 기독교인이라면, '역사의 하느님'이라고 부를 것이다. 그것이 시간의 피안이 아니라 시간의 이편에서, 그리하여 역사적 사건과 경험을 통해 만나는 하느님이라고 강조할 것이다.

　잘 알려져 있듯이, 우주의 물질 가운데 96퍼센트는 암흑 물질로 되어 있고, 인간이 아는 것은 고작 4퍼센트일 뿐이라지만, 사실 이 세상을 채우는 것은 어두운 것들 — 알 수 없는 것들이다. 이 알 수 없는 것들의 스펙트럼은 매우 넓다. 인간의 현실도 그렇고 인간 자체도 그렇다. 아니면 자연의 여러 지형지물들 — 사막이나 초원 지대, 산의 정상이나 절벽 혹은 바닷가에서 그것을 느낄 수도 있다. 좀더 일상적으로는 산길을 홀로 걷거나 밤늦게 앉아 있거나 조용히 음악을 들을 때 경험하기도 한다. 아니면 더 작은 형태로, 어떤 노래나 문장, 몸짓이나 소리에 그것이 담겨 있을 수도 있다. 예술 작품은 그 좋은 예일 것이다. 요한 크리스티안 바흐의 〈마태수난곡〉이나 〈B단조 미사〉 혹은 〈모테트〉를 들을 때 우리는 굳이 신앙심을 갖지 않아도 뭔가 숙연해지면서 옷깃을 여미기도 한다.

삶의 알 수 없는 것들은, 저 거대한 바다 밑처럼 심원한 움직임에도 불구하고 깊은 적막 속에 둘러싸여 있다. 감히 부를 수도 없고 지칭할 수도 없는 것들의 맥박은 도처에 숨어 있는 것이다. 이 미지의 것들 앞에서 우리는 우리 자신이 얼마나 하찮고 얼마나 가련한지 느끼게 된다. 그러면서 동시에 나를 둘러싼 이 세계는 얼마나 크고, 이 광막한 영역은 얼마나 위대한지 절감하게 되는 것이다. 바로 이런 요소들 — 논의할 수는 있으나 엄밀하게 정의할 수 없는 비합리적이고 근원적인 요소를 루돌프 오토R. Otto는 '누멘적인 것(numen/das Numin se)'이라고 부르면서, 그 앞에서 느끼는 감정을 '누멘적 감각(sensusnuminis)' — "두렵고 위대한 것 자체 앞에서 느끼는 자신의 함몰감" 또는 "피조물적 감정"

이라고 적었다.

　언젠가 나는 쾰른 성당의 벽에 몸을 붙인 채 그 첨탑을 바라보며 허공 속으로 빨려 들어가는 듯한 두려움을 느낀 적이 있지만, 이 압도적인 것에는 두려움과 전율이 담겨 있다. 그것은 드러난 듯 감춰진 채 퍼져나가는 신비한 것들의 끝없는 행렬이다. 자연이라 불리든 운명이라 불리든, 아니면 우연이나 절대라고 불리든, 그것은 여하한의 논리와 정의定義와 분류를 불허한다. 미학에서 말하는 '숭고'라는 개념도 이와 관련될 것이다. 이 기이하고 거룩하며 원초적인 것은 무엇보다 종교적 감정의 근본을 이룬다고 오토는 말했다.

　누멘적인 것은 인간에게 두려움을 일으키지만, 그 자체로는 아무런 감정이나 도덕이 없다. 그것은 일체의 선악 구분도 넘어서기 때문이다. 알 수 없는 것들의 존재는 생멸의 무의미한 순환을 거듭할 뿐이다. 의미란 '인간에게만' 의미 있는 것이다. 인간 이외의 존재에게 인간의 모든 의미론적 활동이란 거론할 가치조차 없는 것들일 것이다. 그런 점에서 누멘적인 감정은 자연사의 이 무심한 섭리에 가장 다가선 인간의 감정 형식인지도 모른다.

　이 알 수 없는 삶의 신비 앞에서 우리는 두려움과 더불어 성스러움을 느낀다. 그래서 할 말을 잊고 더듬거리며 고개를 숙인다. 성스러움 앞에서 인간이 할 수 있는 것은 어쩌면 무릎 꿇고 기도하는 일 — 스스로를 돌아보며 뉘우치는 일 뿐인지도 모른다. 그래서 욥은 이렇게 말했던 것일까? "먼지와 재 가운데서 나는 뉘우치나이다." 겸손은 이 무화無化의 감정으로부터 생겨난다. 우리는 종교를 굳이 내세우지 않아도 삶의 알 수 없는 신비가 지닌 정당성을 인정하면서 평안을 얻게 되는 것이다.

겸허로부터 고양으로

이 누멘적인 것을 물론 낭만적 감상이나 신비주의로 폄하할 수도 있다. 현대의 과학적 사고로 보면, 특히 그렇다. 하지만 이론이나 개념적·논증적 방법으로도 포획되지 않는 것, 아니 포획될 수 없는 것들이 세상에 널려 있다는 것도 분명하다. 예술이 지향하는 것은 바로 이 어둠이고 침묵이다. 왜냐하면 어둠과 침묵이야말로 '전체'의 가장 큰 부분이기 때문이다. 어둠이 빛의 침묵이라면, 침묵은 소리에서의 어둠일 것이다. 그러니 어둠과 침묵과 신성은 서로 통한다. 문학과 회화는 삶의 어둠을 즐겨 표현하고, 시와 음악은 침묵을 기꺼이 담으려 한다. 이렇게 어둠과 침묵으로 나아가면서 예술은 더 깊고 넓은 지평 — 기존과는 다른 가능성을 탐색하고자 한다.(며칠 전 한 음악회에서 나는 전상직 교수외 〈관현악을 위한 크레도〉를 들은 적이 있지만, 그의 작품 가운데는 〈묘사를 넘어서(Beyond Description)〉라는 제목을 가진 것도 있었다. 그것은 소리를 통해 묘사 이전의 세계를 탐색한다고 볼 수 있다. 예술의 목적은 표현을 통해 표현의 이전과 그 이후 ─ 침묵의 무한한 신비를 드러내는 데 있다. 그러나 예술에서 신적인 것을 느낀다면, 그것은, 오토가 지적했듯이, '개념적 유추'일 뿐 신적인 것 자체는 아닐 것이다.)

압도적인 것 앞에서 느끼는 이 누멘적 감정은 여러 가지 모순적인 요소로 얽혀 있다. 그것은 무엇보다 자기의 왜소함을 느끼는 데 있다. 그러나 자기의 한계를 느낀다는 것은 동시에 자기 아닌 타자의 절대성을 느끼는 것이기도 하다. 그것은 절대성의 자각 속에서 절대적 타자의 전체로 나아가는 일이고, 바로 그 때문에 우리 스스로 고양되면서 자신을 초월하게 되는 계기가 되기도 한다. 그러므로 성스러움은 인간의 자기제약과 자기초월을 동시에 경험케 한다. 스스로 겸허해지는 가운데 고양高揚되는 놀라운 경험은 초월적·신적 계기 없이는 불가능한 것이다. 이 대목에서 나는, 프란치스코 교황이 보여 주었듯이, 스스로 머리를 숙이는 일이 어떻게 타인으로 하여금 머리를 숙이게 하는지를 깨닫는다. 스스로 섬기지 않고는 섬겨질 수가 없다.

한없이 스스로 작아지는 가운데 한없이 커지는 것은 오직 신적인 것과의 만남에서 실현될 것이라고 나는 생각한다.

그래서 그 경험은 부활에 버금가는 전율을 동반한다. 신성한 것과 만난다는 것은 세계의 전체를 느끼는 일이기 때문이다. 신성한 전체와 만날 때, 우리는 비로소 '치유'될 수 있다.('치유(heal)'의 어원은 '할hal'이고, '할'은 '전체적인(whole)'이나 '신성한(holy)'이라는 말과 이어져 있다.)

신성하고도 성스러운 감각 속에서 인간은, 한계투성이로서의 인간은 한계 너머의 무한한 가능성을 예감할 수 있는 것이다.

양과 사자가 어울리듯이

하지만 이것은 너무도 머나먼 이야기일 것이다. 정직하게 말하는 것, 양심을 잃지 않고 살아가는 일은 어렵다. 하물며 스스로 섬김으로써 섬김을 받기 위해서는 얼마나 연마해야 하는가? 프란치스코 교황은 열세 살 무렵 양말 공장에서 일을 했고, 아르헨티나의 독재 시절에는 정권에 협조했다는 의혹을 받고 한미한 지방 교구로 좌천되기도 했다. 하지만 그 시절 100여 명의 목숨을 구해냈다는 보도도 있다.(이것은 '베르고글리오 리스트Bergoglio list'로 불린다.) 일반사제 앞에서 먼저 무릎 꿇고 고해성사를 한 분이 바로 그였다. '진정한 권력은 봉사에 있다'는 그의 원칙은 아마도 이런 수십 년간에 걸친 말 못할 인내와 숱한 묵상의 희귀한 결과일 것이다. 그리하여 그의 숙고된 행동은 단순히 분노하거나 주장하는 데서가 아니라, 자기를 내려놓는 데서, 가장 낮은 데로 나아가는 데서 시작하는 것처럼 보인다. 그는 자기를 버리는 가운데 오직 넓고 깊은 신적 진실에 헌신하면서 보다 높은 선 — 평화에 도달하고자 한다.

온갖 갈등과 문제가 끊이지 않는 이 땅에서 우리가 할 수 있는 작은 출발점은 무엇일까? 프란치스코 교황으로부터 배울 수 있는 것은 많지만, 그것은 결국 '평화에의 의지'라고 말할 수 있을지도 모른다. 평화롭게 살기 위해서는 "권력에의 탐욕과 소유에의 갈망"을 줄여야 한다고 그는 강조했다.(『Die Zeit』, 2014. 7. 20.) 욕심을 줄이는 것은 어려운 일이다. 하지만 여기 이곳이 '약속의 땅'이 아니라고 지구 밖으로 뛰쳐나갈 수는 없다. 선은 내가 먼저 말없이 시작하는 수밖에 없다. 다른 사람이 첫걸음을 내딛어주길 기다리는 자는 영원히 기다려야 하기 때문이다. 교황이 가장 즐겨한 말도 "자기로부터 벗어나라", "출발하라", 그리고 "찾아라"였다.

양과 사자가 어울리듯이 인간은 살아갈 수 있는가? 소유와 권력으로부터 한 걸음 물러나는 일 — 가능한 한 적게 소유하고, 가능한 한 군림하지 않으려고 노력하는 데서 생활의 기쁨은 조금씩 늘어날 것이다. 거룩하고 신성한 것은 개념적 비유 속에서 암시될 뿐이다. 신성 자체가 아니라, 그 그림자만 어렴풋이 감지할 뿐이지만, 그럼에도 우리는 스스로 작아지면서 동시에 한없이 커지는 놀라운 일을 지금 당장 체험할 수도 있다. 그것은, 지금껏 보았듯이, 일상적 성스러움의 길이기도 하다.

(2014)

사랑한다는 것은 아름다움을 배우고 아름다움을 돌보며 아름
다움을 낳는 것이다.
"인간에게 삶이 살 가치가 있는 것은 아름다움 그것 자체를
바라보면서 살 때이다."_ 플라톤 Plato

2015

품위에 대하여

'자기기만'으로서의 충실

　이 땅에서 일어나는 나날의 사건사고는 한국 사회가 해방 이후 지금까지 많은 것을 이루었으면서도 동시에 적지 않은 사항이 여전히 모자란다는 사실을 잘 보여준다. 전직 국정원장의 법정 구속도 그렇다. 한 나라의 안보와 국민생활의 안정을 돌봐야 할 가장 중대한 국가기관이 그런 일은 커녕 대선개입과 야당탄압에 열을 올리고, 그것도 모자라 30개 팀을 조직하여 28만 건의 댓글을 올리는 데 골몰했다니 끔찍한 일이지 않을 수 없다. 이 기관의 원훈院訓은 '자유와 진리를 향한 무명無名의 헌신'이라고 한다. 오늘자 뉴스에 나온 한 화보의 제목은 '법정 향하는 박과 박의 집사들'이었다.(연합뉴스, 2017. 9. 1.)

　그러나 이런 눈먼 헌신과 충실의 사례는 이들만의 일이 아니다. 그것은, 정도의 차는 있는 채로, 국가를 위해서든,

직업에서나 자기 자신에 대해서건, 어디에나 있다. 2017 노벨상 수상작가인 가즈오 이시구로K. Ishiguro의 소설 『남아 있는 나날(The Remains of the Day)』(1989)(민음사, 송은경 옮김, 번역문은 부분적으로 고침)은 바로 그런 문제를 다뤘다고 할 수 있다. 소설을 읽고 나니 작가의 문제의식을 '충실'과 '품위'의 관점에서 다시 한 번 내 식으로 정리해보고픈 충동이 일었다. 독자의 현실 속에서 다시 정리될 때 작품은 새로 태어나는 듯하다.

소설 『남아 있는 나날』

『남아 있는 나날』에서 주인공은 스티븐스Stevens다. 그는 달링턴 홀에서 35년간 집사로 일해왔고, 이 저택의 주인은 최근(1956) 들어 패러데이Farraday라는 미국인으로 바뀌었다. 그 때문에 10여 명 남짓 되던 직원들도 서너 명으로 줄어들었고, 전체 일과표나 각 개인의 할당량도 다시 책정되어야 했다. 스티븐스는 200여 년 된 이 저택의 방뿐만 아니라 객실과 복도, 식당과 세탁실의 관리를 총감독하고, 그 계획표를 짜는 데 많은 시간을 보낸다. 요리사나 정원사 그리고 청소부의 일과도 마찬가지다. 이 많은 업무가 아무런 차질 없이 효과적으로 마무리되도록 그는 늘 최선을 다한다.

그러던 어느 날 주인은, 지금껏 스티븐스가 집에 갇혀 일만 해왔으니 영국의 여러 곳을 며칠 다녀오는 게 어떠냐고 제안한다. 더욱이 이전에 헌신적으로 일하다가 나간 켄턴 Kenton 양으로부터 그가 최근에 편지를 받았기 때문에, 그래서 그녀에게 이곳에서 다시 일할 의사가 있는지 알아볼 필요도 있어서 여행을 떠나기로 결정한다. 『남아 있는 나날』은 이 대엿새 날들 동안 여러 지방을 자동차로 지나가면서 그가 본 자연의 풍광과 사람에 대한 느낌, 그리고 달링턴 홀의 모임에 참석한 이른바 '위대한 신사들'의 품위와 그들에 대한 그의 봉사와 그 의미에 대한 서술로 엮어져 있다.

나는 단지 두 가지 ─ 직업적 성실로서의 품위라는 문제와, 스티븐스 씨와 켄턴 양의 관계에 대해서만 적으려 한다. 이 두 가지 주제를 잘 파악하여 이어보면, 작가의 주된 문제의식이 거의 드러나지 않는가 여겨지기 때문이다.

'충실'이라는 덕성

위에서 보듯이, 책임감과 조심성은 스티븐스의 뼈 속 깊이 배어 있다. 그의 유일한 관심사는 자신에게 맡겨진 업무 ─ 달링턴 홀의 살림을 어떻게 유지하고 관리할 것인가다. 그는 오직 이 일에 전념하면서 자신의 개인적 삶은 거의 돌보지 않는다. 그런 그가 '위대한 집사'에 대해 고민하는 것은 지연스러워 보인다. 그 좋은 예는 그처럼 집사였던 자기 아버지라고 스티븐스는 생각한다. 그의 아버지는, 그 시대 '소인배 집사'들이 그러하듯이, 멋진 악센트나 화술 혹은 무슨 소양에 신경 쓴 사람이 아니다. 부친은 주인과 손님을 시종일관 공손하게 모셨을 뿐만 아니라, 집안의 대소사大小事 역시 철저하게 챙겼기 때문이다. 그러면서도 그는 부당하고 불합리한 일 앞에서도 불쾌하거나 화내지 않았다고 한다. 이런 일이 있었다.

어느 날 방문한 손님들 가운데 두 사람이 술에 잔뜩 취하여 스티븐스 부친으로 하여금 운전을 하게 하였다. 그러고는 집 주변으로 드라이브를 나섰다. 그들은 상스러운 말과 노래를 하면서, 마치 하인을 대하듯이, 그의 부친에게 화를 내거나 명령하기도 한다. 그래도 그는 묵묵히 받아들이면서 운전을 계속 해간다. 그러다가 이 두 사람이 부친의 주인까지 욕하는 데 이르게 되자, 부친은 차를 멈춘 다음 내려서 그 뒷문을 연 다음 아무 말 없이, '내리라'는 한 마디의 요구도 없이, 그냥 그렇게 오랫동안 서 있었다는 것이다. 결국 잘못을 느낀 두 손님은 부친께 사과한 후, 다시 여행을 계속 했다는 것이다.

부친의 품위를 알려주는 두 번째 이야기는 남아프리카 전쟁에서 죽은 스티븐스의 형과 관련된다. 민간인 부락을 공격하여 '가장 영국인답지 못한 작전'이라는 평가를 받은 이

전쟁의 지휘관은 어느 장군이었다. 이 장군은 은퇴 후 남아프리카와 관련된 사업을 시작하였고, 그러던 어느 날 스티븐슨 부친이 일하던 저택에도 무슨 거래 때문에 방문하게 되었다. 그런데 그의 시종이 병이 나서 홀로 오는 바람에 공교롭게도 스티븐스의 부친이 이 장군을 모시게 되었다. 이 부친은 장남의 목숨을 앗아간 장군 때문에 무척 고통스러웠지만, 끝까지 감정을 드러내지 않은 채 집사로서의 자기직무를 수행해내었다. 그 장성은 달링턴 홀을 떠나면서, 이 집사가 누군지 모르는 채로, 그의 성실한 시중에 보답하기 위해 큰돈을 남겼고, 부친은 이 돈을 자선사업에 기부하였다고 한다.

이 두 가지 일에서 스티븐스는 '자기직위에 어울리는 품위(dignity in keeping with his position)'의 모범적 사례를 본다. 그러므로 품위란 주어진 일에 최선을 다하면서도 자존심을 지키는 데 있다. 여기에서, 작가의 말을 빌면, '사적 존재'와 '전문적 존재'는 분리되지 않는다. 개인적 실존과 직업적 충실이 일 속에서 하나로 결합되는 것이다. 그리하여 품위 있는 인간은 직업적 사안에 최선을 다하면서도 '동시에' 개인적 실존을 견지한다.

선의의 '아마추어리즘'

스티븐스가 자기 부친에게서 위대한 집사를 보았다면, '신사 중의 신사'로 본 사람은 그가 이전에 모시던 달링턴 경이었다. 달링턴 경은 제1차 세계대전에서 한 독일인과 적으로 만나 싸웠으면서도 적의는 품지 않는다. 이렇게 싸운 것은 각자 속한 나라와 자기 직무에서의 불가피한 소임이라고 여겼기 때문이다. 그래서 그는 말한다. "우리는 지금 적이니, 내가 가진 모든 것을 다해 나는 당신과 싸울 것이요. 하지만 이 끔찍한 일이 끝나면, 우리는 더 이상 적이 될 필요가 없으니 그때는 함께 술을 한 잔 합시다."

전쟁이 끝난 후 달링턴 경은 이 유서 깊은 집으로 여러 나라의 인사들 — 정치인이나 퇴역 장성 혹은 작가나 외교관을 초청하여 그 나름으로 유럽의 평화를 도모한다. 이 평화안을 구상할 때도 그는 '신사'라는 이름에 걸맞게 전쟁 때의 증오를 전후에도 가져선 곤란하다고 여긴다. "링에서 상대를 이겼으면, 그것으로 끝나야 합니다. 그 다음에도 그를 계속 발길질해선 안 됩니다." 이런 이유로 그는 베르사유 조약에서 체결된 독일의 전후배상금 수준도 더 완화되어야 한다고 주장한다.

하지만 미국 정치가인 루이스 씨는 달링턴 경의 이런 생각이 매력적이지만, '아마추어'에 불과하다고 비판한다. 오늘날의 국제적 사안은 단순히 선량한 뜻이나 의도만으로 해결될 수 없기 때문이다. 정치적으로 복잡한 문제들은 마땅히 전문가들이 풀어야 하고, 그렇지 못하면 재앙에 이르게 될 것이라고 그는 경고한다. 그러나 달링턴 경도 단호하다. 그는 자신의 아마추어리즘에 대조하여 루이스 씨의 생각이 프로페셔널리즘이라고 한다면, 이 프로페셔널리즘은 오직 '속임수'와 '조작'으로 목적을 달성하려 한다고 지적한다. 그래서 선과 정의의 원칙이 아니라 '탐욕'과 '이익'이 우선한다는 것이다. 하지만 현실은 달링턴 경의 견해가 아니라 루이스 씨의 그것이 옳은 것으로 판명난다.

1936년 경 달링턴 홀에는 독일 대사 리벤트롭Ribbentrop 씨도 자주 왔다. 달링턴 경은, 누구에게나 그러하듯이, 이 대사도 친절하게 대한다. 그래서 그는 큰 환대를 받는다. 하지만 이 대사는 나치즘을 선전하기 위해 파견된 사람이었다. 이 점을 간파한 것은 기자 카디널이었다. 그는 달링턴 경을 친아버지처럼 여기는 사이였지만, 루이스 씨가 달링턴 경에게 한 '서투른 아마추어'라는 지적이 옳다고 말한다. 그러면서 이렇게 덧붙인다. "오늘날 세계는 훌륭하고 숭고한 성향이 자리하기에는 너무도 추악한 곳입니다. 당신은 직접 보지 않았습니까, 스티븐스 씨. 그들이 어떻게 훌륭하고 숭고한 것을 조종하는지 말이지요."

'거짓'으로서의 자기충실

여기에서 드러나는 것은 충실도 '거짓'될 수 있다는 뼈아 픈 사실이다. 충실이나 성실만으로 현실이 다 되는 것은 아 니다. 그러나 이것은 스티븐스로서는 쉽게 수긍하기 어렵 다. 그는 집사로서 달링턴 홀에서 30여 년이나 헌신적으로 일해왔고, 추호의 사심 없이 '신사 주인'을 모셔왔기 때문이 다. 1940년대 이후 많은 일이 잊혀진 후 달링턴 경만 독일대 사를 환대했다거나 그가 반유대주의자로서 활동했다는 소 문이 떠돌 때, 스티븐스는 그를 적극 두둔한다. 두 유대인 처 녀의 해고 건도 그렇다. 그들이 해고된 것은 무슨 잘못을 해 서가 아니라, 그 무렵 지역사회의 여러 단체가 달링턴 경에 게 압박을 가했기 때문이었다. 더욱이 달링턴 경은 그 후 그 결정이 잘못되었다고 시인한 뒤 그 처녀들에게 보상하고자 애를 쓰지 않았던가?

세상은 점점 복잡해지고, 이렇게 복잡해진 채로 더 빨리 변한다는 것은 분명하다. 이런 세상에서 보통 사람들이 알 고 배우는 데는 분명한 한계가 있다. 그러니 국가의 중대사 안에 대해 '확고한 소신'을 가지는 것은 더더욱 어렵다. 오 늘날 현실의 얼마나 많은 문제가, 예를 들어 무역관계나 통 화정책 혹은 군사협정이 보여주듯이, 제대로 이해하기 힘든 것인가? 이를테면 한 나라의 부채상황이 당면한 무역침체

제1부 일상의 깊이를 향하여

에 중요한 요인인가 아닌가, 혹은 프랑스와 러시아의 군사 협정이 유럽연합 통화에는 어떤 영향을 미치는가 같은 문제에 정확히 답변할 수 있는 사람은 몇 되지 않는다. 이것을 스티븐스는 달링턴 홀에서 여러 인사를 모시면서, 또 그들의 대화를 옆에서 때때로 들으면서 체득한다. '민중의 의지가 가장 현명한 중재자'라는 말은 듣기에는 좋지만, 사실에는 맞지 않을 수 있다. 좋은 말이지만 구태의연한 논리가 세상에는 참으로 많다. 어쩌면 민주주의는, 달링턴 경의 말대로, "지난 시대에 맞은 것(something for a bygone era)"인지도 모른다.

이런 점에서라도 스티븐스는 "집사의 의무란 훌륭하게 봉사하는 것이지, 나라의 중대사에 관여하는 것이 아니다"고 확신한다. 그렇듯이 각자 해야 할 일은 자기 일에 최선을 다하는 것임이 드러난다. 이것은 그가 시골에서 만난 어떤 의사의 말 — 대부분의 사람들은 "조용한 삶을 원하고", "설사 자기에게 이익이 된다고 해도 큰 변화를 바라지는 않는다"는 현실과도 맞아 떨어진다. 하지만 이처럼 굳건하던 그의 생각도 소설의 끝에 이르러 조금 변한다. 그것은 카디날 기자의 항변 때문이다.

"직분에 어긋난다고요? 그것을 당신은 충성이라고

생각하는 모양이군요? 그래요? 그것이 충성인 것 같아요? 당신 주인에게나 이 나라 국왕에게나? (…) 스티븐스 씨, 당신이 알아채지 못한 것은 호기심을 안 가졌기 때문이요. 당신은 이 모든 일이 당신 앞에 일어나도록 내버려두었고, 그래서 그것이 무엇인지 들여다볼 생각을 결코 하지 않은 거요."

　그러므로 충실만으로는 현실에서 충분하지는 않다. 필요한 것은 자기충실이며 더불어 이렇게 충실하게 된 대상과 그 현실의 성격도 동시에 바라보아야 한다. 그래서 무엇이 눈앞에 일어나고 있는지, 이 일의 정체는 무엇인지 살펴봐야 하고, 이런 직시 속에서 자기 하는 일을 부단히 재검토해야 한다. 우리는 자기 하는 일에 최선을 다하면서도, 그 일의 성격과 배후, 원인과 결과를 늘 묻고 검토할 수 있는가? 그렇게 검토하면서 자기 일의 기승전결에 대해 책임질 수 있는가? 그래서 자기충실이, 그것이 사람에 대해서든 국가와 집단을 위해서든, 눈멀지 않게 되고, 그 선의가 어설픈 아마추어리즘이 되지 않도록 할 수 있는가?

　소설의 끝에는 이런 장면이 있다. 웨이머스의 바닷가에서 만난 한 노인은 스티븐스에게, 당신은 "그 나리에게 너무 집착했다(very attached to him)"고 말한다. 이런 지적에 스티븐

스는, 달링턴 경에게는 실수했다고 말할 수 있는 '특권'이라
도 있었지만, 그 주인을 오직 '믿고' 따른 자기에게는 실수
했다는 말조차 하기 어려웠다면서, 여기에 무슨 품위가 있
는가라고 자문한다. 그는 일평생 자기충실 속에서 품위를
추구했지만, 결국 품위 없는 인간으로 드러난 것이다. 어쩌
면 인간에게는 스스로의 품위를 내세우는 확신이 아니라,
그런 품위가 자기에게 있을 수 있는가를 묻는 일만 가능한
지도 모른다. 그 부정적 자기물음이야말로 역설적으로 참으
로 품위 있는 일인지도 모른다. 이런 물음을 던지는 인물이,
소설 안에서는, 캔턴 양이 아닌가 싶다.

당신의 방은 왜 이리 어둡나요?

『남아 있는 나날』에서 주인공은 물론 스티븐스이고, 이야
기의 중심에는 그가 회고하는 지난날의 사건이 있다. 하지
만 소설을 다 읽고 나면, 이 모든 것보다 더 중요한 것은 스
티븐스가 가졌던 캔턴 양과의 관계가 아닌가 느껴진다. 두
사람의 관계는 회고되는 사건의 변두리에 있지만, 그것은
마치 배경음처럼 끊겼다가 나타나길 되풀이한다. 캔턴 양의
말이나 행동방식은 무척 인상적이다.

켄턴 양의 경우

그녀는 스티븐스 못지않게 자기 일에 충실한 것으로 보인다. 어쩌면 그녀는 그보다 더 품위 있는 인간인지도 모른다. 그것은 앞서 말한 두 처녀의 해고 때 그녀가 보인 태도 때문이다. 스티븐스가 달링턴 경의 지시를 '자기직무에 맞게' 아무런 주저 없이 전달한 반면, 그녀는 6년 동안 성실히 일해 온 수하 직원을 내쫓는 건 잘못되었다고, 이들이 해고되면 자기도 떠나겠다고 항의한다. 두 직원이 해고된 후 그녀의 태도는 차갑고 때로는 무례해지기도 한다. 어느 날 스티븐스는 지금쯤이면 사직서가 제출되어야 하지 않느냐고 비아냥거리기도 한다. 그 뒤 달링턴 경이 자신의 결정이 잘못되었음을 깨닫고 이들의 행방을 찾아보라고 지시했다고 그가 말하자, 그제서야 그녀는 이렇게 말한다.

"제가 얼마나 이 집을 떠나려고 심각하게 생각했는지 당신은 아마도 모를 거예요, 스티븐스 씨…. 제가 누군가의 존경을 받을 만한 가치가 있었더라면, 감히 말하건대, 오래전에 달링턴 홀을 떠났을 거에요…. 그것은 비겁한 짓이었어요…. 제가 어디로 갈 수 있었겠어요? 제겐 가족도 없어요. 친척 아주머니 한 분이 계시죠. 전 아주머니를 아주 사랑하지만, 그러나 제 인생 전체가 낭비되고 있다는 느낌 때문에 단 하루도 그녀와 같이 살 수 없는 걸요…. 저는 정말 두려웠어요. 떠난다고 생각할 때마다, 저기 바깥에는 저를 알거나 돌봐줄 사람이 아무도 없다는 것을 절감하는 제 자신만을 깨달았지요…. 제 모든 고상한 원칙이란 게 다 모아봐야 그것뿐이지요. 제 자신이 수치스러워요."

달링턴 홀에서 두 처녀가 부당하게 해고당한 후, 캔턴 양은 이곳을 떠나고자 마음 먹는다. 하지만 그녀가 갈 곳은 없다. 사랑하는 친척 아주머니가 한 분 있지만, 그녀와 같이 사는 것은 자기 "인생 전체가 낭비되고 있다는 느낌 때문에" 불가능하다. 아무리 누군가를 사랑하여도 삶을 낭비의 느낌 없이 살 수 있기 위해서는 사랑 이상의 무엇이 필요하다. 그래서 그녀는 이렇게 자조한다. "제 모든 고상한 원칙이란 게 다 모아봐야 그것뿐이지요." 통절한 고백이 아닐 수 없다. 그래서 이것은 '수치'가 된다.

그러나 이 같은 자괴감 — 부끄러움과 수치는 누구에게나 있을 것이다. 게다가 그 원칙이 높으면 높을수록 거기에 도달하기는 더 어려울 것이다. 그러니 높은 원칙의 인간에게 수치감은 필연적이다. 도스토옙스키의 소설 인물을 움직이는 것은 바로 이 수치감이고, 이 수치심은 자존심과 다르지 않다. 그러므로 품위란 그저 듣기 좋은 말을 나열하는 데 있는 것이 아니라, 이런 말을 쉽게 하기 어려운 현실의 간극을 느끼는 데서 시작된다. 비겁과 수치의 자각이야말로 품위 있는 인간의 조건처럼 보이는 것이다. 아마도 이런 자각 속에서 캔턴 양은 스티븐스 씨와 동질적이라고 — 정신적으로나 기질적으로 비슷하다고 말할 수 있으리라. 두 사람은 자신의 한계 속에서 그 이상으로 나아가려는 훌륭한 사람들이기 때문이다. 이런 두 사람이 맺어지지 못한 것이 안타까운 것은 나만의 느낌일까?

스티븐스는 집안에서 일하는 사람들이 서로 사랑하게 되는 것은, 그것이 직무수행에 큰 해악을 끼치므로, 결코 용납하지 않는다. 그는, 자기 부친이 쓰러졌을 때도 내색하지 않고 자기 직무에 최선을 다한다. 그래서 임종마저 놓친다. 올바른 집사가 되기 위한 그의 일념은 이토록 강했다. 그리고 그러니만큼 그는 캔턴 양에 대한 사적 감정도, 설령 있었다고 하더라도, 매우 경계했다. 물론 몇 번의 예외는 있었다. 언젠가 그녀는 꽃병을 들고 그의 방으로 찾아와 이렇게 말한다. "이것을 놓으면 집무실이 조금 더 환해질 것 같은데요." "무슨 말이요, 켄턴 양?" "바깥에는 저리 밝은 햇살이 비치는데, 당신 방은 이리도 어둡고 차가워야 하니 얼마나 안타까운지요. 이것이라도 세워두면, 좀더 생기가 돌지 않을까 했지요." 하지만 이런 바람에도 그의 냉담함은 변하지 않는다. 그녀의 결혼소식에 그가 '축하한다'고 말하자, 그녀는 자기의 결혼소식마저 그렇게 사무적으로 받아들이냐고 대꾸한다.

아마도 현실의 많은 일이 이와 같다고 해야 할 것이다. 아무런 메아리 없는 하소연을 허공에 대고 가끔 하는 것, 그리고 이렇게 하는 것으로 삶은 지나간다. 해야 할 어떤 일들 때문에 반드시 해야 할 어떤 다른 더 중요할 수도 있는 일은 미처 하지 못한 채, 사람은 사람으로부터, 또 연인으로부터 떠나면서 서로서로 멀어지는 것이다.

"작은 미소", "말투" 그리고 "몸짓"

20년 만에 만난 켄턴 양은 이제는 '벤Benn 부인'으로서 얼마간 늙어 있었지만, 스티븐스가 생각하던 기억 속의 모습과 크게 다르지 않았다. 처음 다시 보았을 때 어색함이 없지 않았지만, 대화가 이어지는 사이에 세월이 남긴 미묘한 변화가 조금씩 눈에 띄기 시작한다. 그것은 전체적으로 뭔가 '느려졌다'는 느낌이었고, 이 느림은 삶의 고단함과 피로 같은 데서 올 것이라고 그는 여긴다. 그러나 이렇게 변한 현실 앞에서도 재회의 기쁨은 줄어들지 않는다.

"우리는 지난날 함께 있던 여러 사람들을 회고하면
서 그들에 대해 각자 알고 있는 소식을 서로 교환하
며 한동안 보냈는데, 그것은 참으로 즐거운 시간이
지 않을 수 없었다. 그러나 그것은 우리 대화의 내용
이었다기보다는 말끝마다 그녀가 보인 작은 미소나,
여기저기 비치던 그녀의 사소한 반어적 어투, 그리고
그녀의 어깨나 두 손이 보여주던 어떤 몸짓들이었다.
이것들은 그 옛날 우리가 나누던 대화의 리듬과 습관
을 살려주는 것이었다."

결국 남는 것은 대화의 어떤 내용이나 말이기보다는, 캔
턴 양이 보여주듯이, "작은 미소"나 "어투" 혹은 "어떤 몸짓
들"일 것이다. 여기에는 "대화의 리듬과 습관"이 들어 있기
때문이다. 이 미소와 어투와 몸짓이 정겹다면 우리는 그 시
간을 기꺼이 회고할 수 있을 것이고, 이렇게 회고하는 시간
은 분명 즐거울 것이다.

그러나 기쁨보다 더 오래 가는 것은 슬픔일 것이다. 사람
이라면 누구에게나, 그것이 크든 작든, 과오가 있다는 것,
그리고 그 과오는 '아쉬움'이라고 할 수도 있고, '회한'이나
'안타까움'이라고 할 수도 있다. 그것은 온전히 할 수 없었
음에 대한, 그래서 제대로 했더라면 아마도 지금과는 '조금

다른 현실' 혹은 '좀더 나은 삶'을 가졌을 수도 있었을 것이
라는 어렴풋한 상념에서 온다. 다소 침울해 보이는 캔턴 양
에게 스티븐스가 용기를 내어 물었을 때, 그녀가 말한 것도
바로 이 같은 종류의 감정이었다. 그녀의 남편은 자상하고
착실하였다는 것, 처음부터 사랑하진 않았지만, 아이가 태
어남에 따라, 또 오랜 세월 같이 하면서 서로 익숙하게 되었
고, 이 익숙함 속에서 남편을 사랑하게 되었다는 것, 하지만
그렇다고 삶의 공허감이 없어지진 않았고, 그래서 가끔은
"당신과 함께 할 수도 있었던 삶에 대해 생각하기도" 한다
고 벤 부인은 마지막에 고백한다. 그러면서 시간을 거꾸로
돌릴 수는 없다는 것, 누구도 과거에 영원히 머물러 살 수는
없다고 덧붙인다. "우리는 각자 지금 가진 것에 감사해야 하
지요."

　안타까움은 여기에 있다. 아직도 남은 것은 언젠가 누군
가 뒤뜰을 거닐며 땅바닥을 내려다보았고, 그렇게 내려다보
는 그 사람을 '지난날' 누군가가 함께 쳐다보았으며, 그렇게
쳐다본 지난 시간으로부터 이미 수십 년 시간이 지난 '지금'
이 여기에 있다는 사실일 것이다. 한 사람과 이 사람을 보고
있는 다른 사람이 있고, 이 다른 사람 옆에 또 누군가가 있
다. 그렇듯이 지난 시간과 지금 시간이 평행하며 자리한다.
삶의 매 순간은 이렇게 무수한 사람과 사건과 기억과 회한

이 교차하며 이뤄진다. 이 숱한 순간 속에 결코 잊을 수 없는 계기도 드문드문 자리한다.

인간에게 고통이 중요하다면, 세계는 이 고통과 '별개로 있다'. 이 무심한 있음, 이 있음의 지속, 이것이 세계의 본성이다. 고통보다 오래 가는 것은 이 무심한 세계의 지속이다. 바로 이것이 나를 고통스럽게 한다. 결국 중요한 것은, 작가가 적고 있듯이, '인생의 남은 부분을 어떻게 쓸모 있게 채울 것인가'에 있을 것이다.

하루의 가장 좋은 때

글이 길어졌다.

이 글을 나는 '충실'이라는 덕성에서 시작하여, 이 충실이 언제나 진실일 수 없다는 것, 그것은 드물지 않게 맹목적으로 되고, 그래서 '자기기만'으로도 작용한다는 것을 이시구로의 소설에 기대어 다시 생각해보았다. 그것은 영국에서뿐만 아니라 오늘의 이 땅에서도 되풀이되는 것처럼 보인다. 1970, 80년대를 거치면서 우리 사회에서는, '산업화 시대의 역군'이란 말에서 보듯이, 성실하거나 충실하면 모든 것이 허용되지 않았던가? 그러나 충실은 남에게 자랑하기 위한 것이기도 하고, 숨은 이익의 표현이기도 하다. 이제는 충실의 그늘도 살펴볼 때가 된 듯하다. 반성되지 않은 덕성은, '성실'이든, '충실'이나 '충성'이든, 어설픈 아마추어리즘으로 전락해버린다.

그러나 충실이 자기기만이 된다고 해도 품위를 포기할 수는 없을 것이다. 그것은 어떻게 가능한가? 절차적으로 사고해보면 어떨까. 첫째, 충실은 필요하다. 둘째, 그러나 충실만으로 충분치 않다. 충실은, 이미 언급했듯이, 악을 키우는 봉사가 될 수도 있다. 따라서 셋째, 충실은 '반성되어야' 한다. 말하자면 충실이 집착이 되고, 그래서 급기야 자기기만이 되지 않도록 검토해야 한다. 이것으로 끝인가? 그렇지 않다. 넷째, 이런 검토 후에 우리는 비로소 '자기기만이 아닌 충실의 가능성'을 생각할 수 있다. 품위는 이 가능성 속에서 생각할 수 있을 것이다.

아마도 품위로의 첫 걸음은, 캔턴 양이 보여주듯이, 자신의 비겁과 수치를 정면으로 바라보는 데 있을지도 모른다. 그러나 이런 윤리적 자각보다 더 근본적이고 중요한 일은 없는 것일까? 한 노인이 스티븐스에게 한 말은 아직도 내 뇌리에서 웅얼거린다. "삶을 즐겨야 합니다. 저녁은 하루의 가장 좋은 때입니다.(You've got to enjoy yourself. The evening is the best part of the day.)" 매 순간 충실하는 것, 그러면서 그 충실이 무엇을 위한 것인지 가끔 돌아보는 게 필요하다. 하루 중 어느 때가 가장 좋은지, 자기 사는 방이 너무 어둡고 차갑지 않는지 물어보는 것도 그런 돌아봄 속에서 가능할 것이다. 그리하여 온종일은 아니어도 하루에 한두 시간은 자기를 위해 쓰는 것, 아마도 그럴 때 우리의 몸짓과 말투에는 작은 미소가 배어들지도 모른다. 품위도 무슨 고상한 원칙이 아니라 나날의 미소와 몸짓과 말투에 이어져야 한다. 그리고 그것은 삶을 가장 깊은 의미에서 즐기는 일이기도 하다.

(2017)

시간 속에서 더욱 분명해지는 것은 슬픔의 무게이고 삶의 깊이다. 때로는 분노를 억누르고 울음을 삼키면서 썼건만, 이 모든 열정도 사막을 건너온 모래바람처럼 메말라 있다. 누군가를 꾸짖거나 억누르기 위해서가 아니라, 또 자기정당성을 과시하기 위해서가 아니라, 오직 자신을 일깨우는 방식으로, 그리하여 마치 마른 영혼에 물을 뿌리듯 언어를 우리는 사용할 수 있을까? 그러면서 나는 너를 만나고, 그러면서 우리는 사회 속에서 더 큰 자연과 해후할 수 있을까? 우리는 스스로의 상처니 고통에 대해서도 겸손해야 한다고 김우창 선생은 쓰지 않았던가?

2015

"나는 이 세상에서 가난하고 외롭고 높고 쓸쓸하니 살어가도록
태어났다."
_ 백석白石

"확신이 아니라 주저 속에 구원이 있다."
_ 프란츠 카프카Franz Kafka

음악과 문학과 미술에 부쳐

음악에 대한 세 편의 글

W. Amadeus Mozart　　J. Sebastian Bach　　P. Il'yich Tchaikovsky

평범한 것의 행복

모차르트를 들으며

소리의 어울림, 어울림의 바다

바흐를 들으며

음악의 깊은 위로

차이콥스키 그리고

평범한 것의 행복

모차르트를 들으며

인간적인, 너무도 인간적인

음악에 대해서라면 내 무능을 우선 고백하지 않을 수 없다. 나는 전문가가 아니니까. 그저 듣기를 좋아하고, 이즈음 와서는 음악 없이는 살기 어렵다라고 생각할 정도는 된 듯하다. 음악을 말할 수 있는 근거는 이 정도뿐. 다른 위로거리가 하나 있긴 하다. 예술은 어떤 장르든, 음악이든 문학이든 그림이든, 무엇보다 '내가 느끼는' 것이다. 내 느낌에 호소하지 않는다면, 모차르트도 세잔도, 두보나 이태백도 별 의미가 없다. 읽지 않은 책은 이 세상에 없는 것과 같으니. 예술에 관한 한, 모든 것은 내 감수성에서 시작한다. 이 점에 대해서는 이야기할 게 좀 있다. 그러나 더 좋은 것은 내 느낌을 설득력 있게 만드는 일이다. 그렇다면 우리는 음악을 통해 무엇인가 서로 얘기할 수도 있겠다.

　　　　　제2부 음악과 문학과 미술에 부쳐

2006년 1월 27일은 모차르트W. Amadeus Mozart, 1756~1791 탄생 250년이 되는 날이었다. 이를 기념하는 행사가 국내외를 막론하고 엄청나게 열리고 있다. 오스트리아 비엔나에서는 피터 셀러스Peter Sellars 감독의 지휘 아래 세계 곳곳의 예술가들을 초청하여 모차르트의 음악적 영감을 오늘의 세계로 재현하는 가을 축제를 준비하고 있다. 이것은 그만큼 그의 세계가 무궁무진함을 보여준다. 그래서인가, 그의 음악은 팝송이나 심지어 국악으로도 편곡되어 연주되기도 한다. 그의 천재성은 정말이지 신격화될 정도로 비범했는지도 모른다.

　모차르트 음악은 이 땅에서도 의식하든 의식하지 않든 이미 많이 녹아 있다. 곡목을 모른다고 해도 우리는 텔레비전이나 온라인을 통해, 아니면 지하철에서 이런저런 식으로 거의 매일 듣는다. 〈아이네 클라이네 나흐트무지크Eine kleine Nachtmusik〉나 〈터키 행진곡〉은 이미 잘 알려져 있고, 영화 〈엘비라 마디간〉의 주제곡인 〈피아노 협주곡 21번〉 2악장이나 〈아프리카로부터(Out of Africa)〉에 나오는 〈클라리넷 협주곡〉KV622 2악장, 아니면 〈쇼생크 탈출〉에서 흘러나오는 〈피가로의 결혼〉 아리아인 〈저녁 바람이 부드럽게〉가 그렇다.

　모차르트의 일상은 지극히 평범했다. 장난기가 심했고 응석꾸러기였다는 것, 사랑의 질투나 아집이 셌다는 것은 널리 알려져 있다. 더 자라서는 청중의 호응을 얻기 위해 밤잠을 설쳤고, 돈을 빌리려고 이곳저곳 기웃거리기도 부지기수였다. 그러나 다른 한편으로 그는 감정의 미묘한 움직임에 극도로 예민했고, 상투적 표현을 혐오했다. 또한 잠시도 가만히 앉아 있지 못하는, 늘 손을 꼼지락거리는 불안한 정신의 소유자이기도 했다. 그러나 일을 시작하면 만사를 잊고 그것에만 집중하곤 했다. 셈을 배울 무렵 어린 그가 식탁과 의자, 벽과 바닥에 온통 숫자를 적었던 일화는 유명하다. 이것은 남아 있는 그의 편지가 잘 보여준다. 이런 그가 가장 싫어한 것은 복종과 아첨이었다. 그는 무엇보다 자기 감정에 충실하고자 했고, 그 감정을 있는 그대로 표현하려 했다.

그러나 이 일조차도 모차르트가 살았던 당시에는 자연스럽지 않았다. 삶의 모든 일과는 궁정 사회와 교회가 주도했고, 음악 활동 역시 상류 지배층의 요구대로 꾸려졌다. 음악가는 궁정에 소속된, 이를테면 요리사나 정원사 같은 하급 신분의 일원에 불과했다. 그러나 모차르트는 그렇게 안주할 수 없었다. 그러기에는 자의식이 무척 강했고, 예술적 열정은 넘쳐흘렀다. 그는 윗사람의 눈치를 보는 법 없이 자신의 느낌과 환상에 따라 곡을 지었다. 그러나 '매우 위험한' 일이었다. 그런 그가 크고 작은 시련을 겪은 것은 당연해 보인다. 그래서 마침내 대주교의 뜻마저 거른 채 변방 잘츠부르크를 떠나 비엔나로 이사하게 된다.

음악에서 삶을 배우다

모차르트의 음악은 대체로 경쾌하고 선명하며 우아하다. 그렇다고 해서 그것이 늘 경쾌한 것은 아니다. 단순하게 보일 때에도 거기에는 어떤 천상적인 것 ─ 지상의 한계를 뛰어넘는 숭고함이 배어 있을 때가 많다. 예를 들어 〈피아노 협주곡 20번〉 1악장은 공포와 우울로 가득 차 있다. 그가 한창때인 스물한 살 때(1777) 작곡한 〈피아노 협주곡 9번〉, 일명 '주놈Jeunehomme'도 있다. 다 좋지만 특히 2악장을 들어보자. 그 곡에는 위로할 길 없는 슬픈 아름다움이 깃들어 있다. 청년 시절에 이 같은 곡을 쓰다니 놀랍지 않을 수 없다. 여기에서 우리는 그의 유머가 어쩌면 비애의 다른 면이고, 경쾌함은 억제된 파토스일 수도 있다고 생각하게 된다.

사실상 경쾌함과 비애, 우울과 유머, 냉정과 열정은 모차르트에게 긴밀하게 얽혀 있다. 그러니 그의 단순성은 단순하지 않다. 그것은 복잡한 단순성이다. 그래서인가, 스탕달은 롯시니와는 달리 모차르트에게는 경쾌함이나 희극성이 아닌 우울과 슬픔만이 발견된다고 말한 적이 있다.

모차르트는 인간과 삶을 깊은 직관으로 투시했고, 이렇게 경험한 내용을 가감 없이 음악적으로 가공했다. 이것은 이른바 '비엔나 고전 음악'의 선두에 있는 하이든과 그를 비교해봐도 곧 드러난다. 하이든도 물론 독특한 선율을 많이 만들어냈지만, 모차르트와 비교하면 차라리 단조롭게 느껴진다. 그러나 베토벤과 비교하면 모차르트는 훨씬 경쾌하다. 그러면서도 베토벤적인 장중함과 깊은 비애가 없지 않다. 그의 〈레퀴엠〉은 듣는 모두를 숙연하게 만든다.

우리가 모차르트를 듣는 것은 자랑하기 위해서가 아니다. 그것이 멋있게 보여서? 이런 지적 허영이라면 그것은 모차르트의 음악에도, 그 삶에도 맞지 않다. 그를 듣는 것은 내 자신이 즐겁기 때문이다. 그리고 이 즐거움은 나에게만 그치지 않는다. 나의 감동은 너의 놀라움으로, 그리고 우리의 놀라움은 그들의 감탄으로 이어진다. 우리는 모차르트 음악에서 그의 불우한 삶을 생각하듯, 그 불우함에서 이웃의 불우함도 그리고 행복의 가능성도 떠올린다. 우리는 모차르트에게서 인간 일반과 현실을 이전과는 다르게 조금씩 깨우치게 된다. 모차르트의 이해가 인간의 이해로, 그 인간의 이해로부터 세계의 이해로 나아가는 것이다.

예술의 체험은 이렇듯 나의 즐거움이면서, 이 즐거움은 너에게로 또 세계로 뻗어나간다. 그래서 새로운 경험의 지평을 열어준다. 이것이 심미적 경험의 놀라움이다. 나는 그의 음악에서 누구보다도 자기 일에 대한 강한 사랑과 자부를 읽는다. 삶이 일과 휴식으로 이루어졌다면, 일의 사랑은 삶의 사랑과 다르지 않다. 그래서 나는 묻는다. 삶에 대한 내 사랑은 모차르트만큼 강한가? 나는 내 일에 최선을 다하는가? 이런 나의 즐거움을 더 쉽게, 더 평이한 말로 퍼뜨릴 수는 없을까? 이런 즐거움이 우리의 현실을 더 바르게 만드는 데 도움되게 할 수는 없을까?

무엇보다도 중요한 것은 모차르트를 직접 듣는 일이다. 무엇부터 시작하면 좋을까? 나는 〈클라리넷 협주곡〉이나 〈하프 협주곡〉 아니면 〈그랑 파르티타〉를 권하고 싶다. 또는 하스킬과 그뤼미오가 협연한 〈바이올린 소나타〉가 있다. 이 선율들은 편안하고 간결하며 낭랑하고 아름답다. 이것을 놓친다면 내 곁의 행복 몇 가지를 놓치는 셈이다. 나는 단정적 언어를 삼가지만, 이 말만은 억누르고 싶지 않다. 독자 여러분이여, 함께 행복하지 않으려는가? 스스로 행복해야 사회의 행복도 꿈꿀 힘이 생긴다.

모차르트의 평범한 깊이

사람이든 사물이든 대상과의 관계는 호기심에서 시작된다. 이 호기심은 이편의 열정이 식어 사라지기도 하고, '좋다'라는 느낌으로 계속되기도 한다. 그래서 어느 정도 알게 되면, 이 앎을 체계화하고픈 욕구가 생긴다. 이런 체계적 이해로 대상은 좀더 온전한 이미를 띤다. 그러나 이 같은 경우는 흔치 않다. 세상살이가 바빠서 또는 감각이 무뎌져서 그렇기도 하다. 어쨌든 모차르트는 내가 '체계적으로 알고 싶은' 음악가 중 한 명이다. 그래서 그의 음악을 듣는 것도, 그에 관한 글을 읽는 것도 즐겁다.

지난 1월 27일로 태어난 지 250년이 되는 모차르트를 기념하는 행사가 국내외에 아주 많이 열리고 있다. 오스트리아에서는 각종 연주회와 심포지엄, 공연과 전시회가 일 년 내내 열린다. '모차르트 산업'이란 말에서 알 수 있듯 그를 상품화하는 것이 우려되지만, 다양한 클래식 편성으로 연주되거나 재즈 또는 국악으로 편곡·연주되는 것 또한 그의 잠재력일 수 있다.

모차르트를 들을 때마다 나는 여러 가지 생각을 하게 된다. 그의 음악은 대체로 밝다. 그러나 늘 밝지만은 않다. 경쾌하면서도 좀더 주의해서 들으면 미세하고, 단순하면서도 깊으며, 그래서 발견해야 할 것이 끝없이 늘어선 것처럼 느껴지기도 한다. 물론 이런 경쾌함이 가볍게 여겨질 때도 있다.

그러나 흔히 말하듯 천재의 장난기라고나 할까. 그래서 경박함조차 진솔하고 정직하게 보인다. 고뇌가 느껴지는 것은 이즈음이다. 이 방향으로 맨 끝에 있는 작품은 죽기 전에 만든 〈클라리넷 협주곡〉이나 〈레퀴엠〉일 것이다. 그러나 이런 비애는 다른 작품들 ― 〈피아노 협주곡〉이나 〈바이올린 소나타〉에도 있다. 그래서일까. 폴리니M. Pollini 같은 피아니스트는 나이가 들수록 모차르트에 가까워지는 것 같다고, 베토벤이 거대하고 강력한 몸짓으로 말한다면, 모차르트는 미묘한 뉘앙스로 말한다고 이야기했다.

모차르트 음악에서 내가 경탄하는 것은 무엇보다 자기 스타일에 대한 의지다. 이때 스타일이란, 문학에서 흔히 말하는 '문체'가 아니다. 그런 뜻도 있지만 대개는 형식적·구성적 측면을 말하고, 이런 면모는 한 작품에서 나타나듯 여러 다른 작품에서도 나타날 수 있으며, 궁극적으로는 예술가의 삶 전체에서 나타난다. 결국 스타일이란 예술과 삶을 자기 나름으로 조직하는 원리다. 그 점에서 스타일은 개성이자 정체성이다.

스타일의 의지는 누군가 강요한 것이 아니라 자신이 하고 싶은 것을 하고, 의뢰받은 것이라 해도 자기 생각을 스스로 원하는 형식에 담아 표현하고자 하는 데서 잘 드러난다. 실제로 모차르트는 오직 음악적인 일(작곡과 연주)에만 전념할 뿐, 그 외적인 일 — 행정적 사무나 편지 쓰기 같은 일에는 관여하려 하지 않았다. 대다수의 작품이 상류 계층의 변덕스런 취향을 반영하지만, 그 속에서도 그는 자기의 목소리를 내고자 무진 애를 썼다. 고향 잘츠부르크를 떠나 뮌헨이나 파리, 로마를 돌아다닌 것도 이런 독립된 삶을 살기 위해서였다. 그래서 '모차르트 이후'는, 그것이 오페라든 악기로 연주되는 작품이든, 그 이전과 전혀 다르다고 널리 평가된다.

모차르트의 음악은 평범하다. 그러나 그 평범함이 주견 없이 유행을 좇는 것이라면, 그것은 결코 평범하지 않다. '깊이의 평범성'이라고 할까. 그것은 그의 스타일에서 온다. 개성 있는 스타일은 뛰어난 예술가에게 전형적으로 나타나지만, 우리는 그것을 배울 필요가 있다. 자기 견해가 있고 그 견해를 설득력 있게 전달하려 할 때, 다른 견해에도 동의하고 이를 존중할 수 있다. 또 이것이 사회적으로 체질화될 때, 여론이 한쪽으로 갑자기 요동치는 일도 막을 수 있다. 무엇보다 시급한 일은 부당한 편견을 줄이는 일이다.

이것은 모차르트의 평범한 깊이에 이미 담겨 있다. 가장 단순한 것을 노래함으로써 삶의 모든 것을 담다니. 놀라워라. 평범함의 스펙트럼도 이렇듯 넓구나. 모차르트를 들을 때면 나는 군더더기는 죄다 떨궈버린 선율의 뼈마디를 느끼곤 한다. 행복은 이런 평범한 깊이에 있는지도 모른다. 아니다, 이 말을 모두 내버려도 그의 음악은 남아 있다. 모차르트가 고맙고, 불우한 그의 생애가 안타깝다.

(2007)

소리의 어울림, 어울림의 바다

바흐를 들으며

그 이상의 것은 없다

얼마 전에 우연히 카를로스 클라이버Carlos Kleiber가 세상을 떠났다는 소식을 들었다. 카를로스 클라이버! 그 순간 그의 이름이 나도 모르게 입에서 흘러나왔다. 클라이버, 평생 동안 고작 대여섯 장의 음반만을 남겼고, 단 한 번 슈투트가르트 오페라 극장의 음악 감독직을 2년간 맡은 것 이외에는 어떤 단체의 상임으로도 활동하지 않고 얽매이지 않았던 사람. 가끔씩 연주는 했지만 악단과의 불화로 예정된 연주회를 취소하기도 했던 그는 평생을 대중매체와 음반 산업의 밖에서 은둔과 고독으로 보냈다. 그리하여 그가 죽은 곳은 자기 어머니의 나라인 슬로베니아다. 몇몇의 친척 이외에는 아무도 자기 장례식에 오지 못하게 했다. 그래서 그가 죽었다는 사실도 장례가 끝난 후 열흘이나 지나서야 세상에 알려졌다. 그러나 그가 남긴 음반만큼은 세계 최고의 수준을 보여준다. 철저하고 엄격했던 지휘자, 거장의 죽음은 왜 이토록 늘 이르게만 느껴지는가.

음악에 대해 말하려면 우선 내 자신의 아마추어리즘을 고백해야 할 것 같다. 나는 음악의 전문가가 아니며 이론도 잘 알지 못한다. 음악의 힘을 믿는 것은 단 한 가지 이유 — 듣는 것을 좋아하기 때문이다. 그리고 이 즐거움은 날이 갈수록 더해가는 듯하다.

내가 클라이버를 알게 된 것은 〈베토벤 교향곡 7번〉 2악장 덕분이다. 이 작품을 나는 불행하게도 아주 늦게 알게 됐는데, 듣는 순간 푹 빠져버렸다. 느리게 진행되는 선율의 웅장함과 쓸쓸함은 브람스의 교향곡 3번과 4번을 닮았다. 그러면서도 더 장중하고 절제된 듯하다. 그 음악이 매우 인상 깊어서 얼마 후 시내로 나가 음반을 찾게 됐는데, 그때 마련한 것이 그의 베토벤 교향곡 5번과 7번이었다. 그의 지휘는 장중하고 부드러우면서도 절도로 가득 차 있다. 그래서 2악장만이 두드러져 보였던 처음과는 달리 2악장에서 1악장으로, 1악장에서 다시 3악장과 4악장으로 점차 관심이 확장됐고, 나중에는 〈7번 교향곡〉 전체가 좋아졌으며, 7번이 좋아지자 〈5번 교향곡〉도 다시 듣고 싶다는 욕구가 일었다. 그래서 베토벤의 〈5번 교향곡〉도 이전과는 다른 느낌으로 즐기게 됐다.

클라이버에 대한 이런 나의 찬탄은 물론 어떤 객관적 기준에 있지 않다. 이는 미적 취향이 근본적으로 주관적이라는 상식적 사실과 연관되지만, 그보다는 나의 현재의 감수성 정도나 성향 그리고 기질과 더 연관된다고 말할 수 있을 것이다. 베토벤 교향곡을 최고의 정점에서 연주한 지휘자로서는 흔히 푸르트뱅글러가 꼽히는데, 이러한 사실에는 납득할 만한 근거가 있다. 그는 자신만의 고유한 해석으로 베토벤뿐만 아니라 브람스나 슈베르트 그리고 바그너 등의 작품을 개성 있게 극적으로 연출해낸 바 있다. 그러나 나는 아직 푸르트뱅글러를 잘 안다고 말하기 어렵다. 그저 그를 알아가고 있는 중이고, 어떤 면에서는 아직 그의 진가에 도달하지 못했다고 할 수 있다. 이보다는 쿠르트 마주어나 클라우디오 아바도의 연주를 더 자주 접했다. 내가 클라이버를 말하는 것은 이쯤의 수준에서 내가 가장 감동한 것이 그라는 뜻이 될 것이다.

지휘법을 모르지만 나는 그의 연주를 들을 때면 지휘자처럼 손을 움직이는 내 자신을 발견한다. 손으로 곡의 리듬을 타면 미적 감동도 더해지는 듯하다. 악기들이 지닌 제각각의 음색이 미세하게 서로 어울리면서 하나로 보아졌다가 일순간 폭발하고 또다시 결합하는 감정의 긴장과 이완을 이것

외에 그 어디에서 더 밀도 있게 경험할 수 있을까. 나는 그의 지휘에서 자유와 절제를 동시에 느낀다. 클라이버 덕분에 이전과는 다른 베토벤을 알게 된 것이다.

스튜디오 녹음 대신 현장의 라이브 연주를 선호했던 이 거장이 살아 있을 때 보인 까다로움은 이유가 없었던 것이 아니다. 그것은 놀라운 선율의 정교함과 이런 정교함을 위한 광적인 철저성의 표현이었을 것이다. 그의 외로움은 이런 음악적 철저성을 자신의 예술적 의무로 생각한 결과였는지도 모른다. 온갖 비난과 질시 속에서 그가 감당해야 했을 혹독한 외로움은 아마도 그 자신 이외에는 아무도 이해하지 못할 것이다. 그러나 그는 바로 이런 작업의 철저성을 통해 자기 예술의 윤리성을 입증했다.

그리하여 클라이버의 베토벤 연주에 관한 한 우리는 이렇게 말할 수 있다. "땅 위에 그 이상의 것은 없다." 이 같은 열정의 분출이 차분하게 가라앉은 선율 속에서 언제 들어도 편안하고 온화하며 때로는 극적인 세계를 보여주는 또다른 음악가가 있다. 그는 화음의 바다 — 바흐이다.

내장과 영혼의 밥

바흐의 여러 곡 가운데 나는 〈골드베르크 변주곡〉이나 〈관현악 조곡〉 아니면 〈인벤션과 신포니아〉 같은 간결한 곡을 즐겨 듣는다. 오르간 작품이나 〈마태수난곡〉, 〈무반주 첼로 조곡〉이나 〈무반주 바이올린 소나타와 파르티타〉, 〈바이올린 협주곡〉도 그 어느 것 하나 흠잡을 데 없는 작품이긴 하다. 그러나 내가 언제나 다시금 듣게 되는 것은 간결하고 편안한 작품들이다.

아침에 깨어났을 때, 저녁 식사 후에 쉬거나 아이와 놀 때 아니면 설거지를 할 때, 나는 이 곡들을 거의 습관처럼 듣는다. 우리 집에서 다섯 번째로 깨어나는 것은, 큰아이 말대로 전축이고 음악이고 바흐다. 〈관현악 조곡(Orchestral Suites)〉을 예로 들어보자.

'조곡'이란 여러 짧은 작품을 묶은 시리즈 형태로서 프랑스 궁정 음악의 우아한 양식을 띤다. 바흐는 여러 개의 조곡을 썼지만 4개의 조곡만이 남아 있다. 'G선상의 아리아'로 널리 알려진 〈에어〉나 〈론도〉, 〈폴로네이즈〉, 〈바디네리〉 등 이 작품의 모든 곡이 섬세하고 여리며 청아한 아름다움을 주지만, 나는 특히 〈미뉴엣〉을 귀하게 여긴다. 1분 남짓한 짧은 곡이지만 고요하고 정결하고 슬픈 무엇을 느끼게 한다. 이 곡을 들으면 굳어 있던 마음이 물처럼 너그러워지면서 엉겨 붙었던 뇌리의 신경세포가 하나하나 곧게 펴지는 듯하다. 화음이 내장과 영혼의 밥이 되는 것이다.

바흐의 세계를 소품 몇 가지로 가늠하는 것은 말할 것도 없이 부당한 처사가 아닐 수 없다. 성聖 바흐, 그는 음악의 시작이자 끝이다. 그는 여러 장르와 형식에 걸쳐 수많은 감동적인 곡을 남겼다. 그래서 바흐를 연주하는 연주자와 단체 그리고 녹음자 중에도 이른바 '고전'으로 불리는 여러 거장의 기나긴 족보가 있다. 그런데 이런 거장은 한 작품을 연주하는 데도 여러 명 나타난다. 또 바흐의 같은 작품이라도 연주하는 악기의 종류나 단체에 따라 다른 느낌을 준다. 가령 〈푸가의 기법〉을 현악 4중주로 연주하는 것은 챔버 오케스트라가 연주하는 것과 아주 다른 뉘앙스와 중량감을 준다. 게다가 그의 작품을 이른바 초기 음악(early music)의 형태로, 즉 원전악기 연주로 들으면 그 충족감은 새롭다. 물론 옛날 연주 방식에 대한 지나친 강조는 불필요한 전문화로 이끌 수도 있지만 말이다. 하나의 작품에 이렇게 많은 해석과 감상의 변주가 있다면, 바흐 작품 전체에는 얼마나 많은 연주자와 악단이 있겠는가. 그러니 바흐 애호가와 열광자에도 기나긴 역사가 있는 것이다.

이런 복잡성은 바흐를 이해하는 장애물로 작용하기도 한다. 그리하여 애호가가 아니면 그의 음악은 접근하기 힘들어 보이기도 한다. 이 힘겨움은 바흐를 말할 때 자주 등장하는 전문 용어들 — 대위법이나 푸가, 칸타타와 같은 생소한 이름들로 가중된다. 그러나 크게 낙심하지는 말자.

가령 대위법(Kontrapunkt)이란 말의 기본 뜻은 이 단어 속에 이미 암시되어 있다. 여러 음을 서로 '대조적으로(kontra)' '놓는(punkt)' 것, 그래서 그것이 '서로 조화롭게 결합되는 방식'을 말한다. 소프라노, 알토, 테너, 베이스의 서로 다른 영역(성부)은 일정한 작곡 방식 속에서 서로 어긋나면서도 조화롭게 결합한다. 그리하여 성부 하나하나는 고유한 소리를 지니면서도 서로 결합하여 또 하나의 전체로 조직된다. 사람 목소리의 여러 높이가 그러하듯, 여러 가지 악기의 다양한 울림 역시 그것을 어떻게 대조·조화시키느냐에 따라 음악적 구성과 정서적 느낌을 다채롭게 표현할 수 있다. 대위법에서 모든 것은 하나로부터 모아지고, 이 하나에서 다시 모든 것이 흘러나오는 것이다. 생애의 마지막 10년 동안 바흐는 이 대위법을 열심히 연구했고, 그것은 〈푸가의 기법〉과 〈음악의 헌정〉과 같은 말년의 작품에 잘 나타난다.

그러나 더 이론적인 사항은 전문가에게 맡기도록 하자. 중요한 것은 열린 관심이고, 이 관심 속에서 바흐를 듣는 일이다. 그리고 이때의 듣기가 '그냥 듣는(hear)' 것이 아니라, '주의하여 듣는(listen to)' 것이 되도록 노력하는 일이다. 바흐가 약속하는 엄청난 행복감에 비하면 이 정도의 노력은 아무것도 아니지 않은가? 이런 주의만 있다면 우리는 전문

술어를 모른다 해도 그의 음악에서 어떤 형식미와 절도 그리고 균형을 느낄 수 있다. 이 형식미가 화음의 대위법적 운동으로부터 오는 것은 물론이다.

바흐 공동체

독주곡이든 합주곡이든, 실내악곡이든 관현악곡이든, 바이올린이든 첼로든, 수난곡이든 미사곡이든, 바흐는 장르와 형식 그리고 악기에 관계없이 유쾌하고도 우울하며, 적확하면서도 자유롭고, 우아하고도 경쾌한 화음의 세계를 만끽하게 한다.

예를 들어 〈무반주 바이올린 소나타와 파르티타〉는 이름 그대로 어떤 반주 없이 바이올린 하나만으로 연주된다. 바이올린의 섬세하고 예민한 음으로 무색무취의 명징하고 청아한 세계를 보여준다. 사람들은 흔히 이 작품의 두 번째 파르티타에 나오는 〈샤콘느〉를 비탈리의 〈샤콘느〉와 더불어 명품으로 칭송하지만, 그것이 어떻든 간에 나는 이 각각의 화음에서 불필요한 모든 것을 제거해버린 어떤 높이 ― 부드러움과 세련이 어우러진 정신의 고아한 높이를 떠올리곤 한다. 이에 비해 〈무반주 첼로 조곡〉은 이보다 더 풍성하고 따뜻하게 느껴진다. 가만히 앉아 이 작품을 듣노라면 가슴에 차오르는 어떤 충만함을 만끽할 수 있다. 여기에 〈마태수난곡〉이 더해지면 바흐는 장대한 드라마의 연출자로 변신한다.

〈마태수난곡〉에서는 예수의 삶이 탄식과 비통, 참회와 절망 속에서 엄숙하고도 숭고하게 펼쳐진다. 워낙 숭고하고 아름다워서 나는 한동안 옷깃을 재차 여미고 자리를 고쳐 앉곤 했다. 그것은 때때로 그 선율을 좇아가는 귀도 눈도, 다른 감각기관마저도 느끼지 못하게 한다. 말이 멈추는 곳에 음악은 시작된다고 멘델스존이 말했던가. 바흐의 수난곡은 평상시에는 느껴지지 않는 감정과 내면의 맨 밑바닥을 하나하나 어루만지며 우리 영혼을 다시 살려내는 듯하다.

삶의 숨겨진 것들을 이다지도 적확하면서도 유연하고, 소박하면서도 풍부하게 보여주는 소리의 어울림이 과연 있었던가. 고통과 환희, 비참함과 장엄이 그 이전에도 또 그 이후에도 없었던 영혼의 넓이와 깊이 속에서 드러나는 듯하다. 이 화음이 빚어내는 감동은 선율 속에서 표현의 모든 가능성을 탐구하고자 했던 바흐의 마음 풍경에 다름 아닐 것이다. 바흐의 음악에서 우리는 바흐라는 인간과 그 생애를 만나는 것이다. 그가 탐색한 대위법이란 것도 결국 서로 다른 음의 조응을 통한 만남 — 음악적 대화를 위한 것 아니던가?

바흐의 생애는 음악적 열정과 시련으로 얼룩졌다. 열 살 무렵 부모를 여읜 그는 학교 성가대에서 노래하는 것으로 스스로 밥벌이를 했다. 나이가 들어서도 그는 얼마 되지 않는 급료로 집세를 지불하고 빵과 땔감 그리고 양초를 구해야 했다. 자기가 속한 교회나 학교 또는 궁정을 위해 그는 매주 칸타타나 수난곡을 준비해야 했고, 학생들을 가르쳐야 했으며, 늘 단독 연주나 합창단과의 협연을 연습해야 했다. 게다가 그는 무엇보다 아이들의 아버지이기도 했다. 그의 많은 자식들이 해를 넘기지 못하고 죽었고, 6촌 간이던 아내가 1720년 갑자기 세상을 떠났을 때 서른다섯의 그에게 남겨진 것은 5세, 6세, 10세, 12세인 네 명의 아이들이었다. 막막한 생계 속에서 하느님에 대한 원망과 세상에 대한 불신이 없지 않았을 것이다. 그러나 그는 남은 아이들과 쳄발로 앞에 앉아 여러 가지 다른 음색을 내는 협연을 즐겨 했고, 믿기 어려울 정도의 창작적 열의와 에너지로 자신의 세계를 완성해나갔다.

라이프치히의 토마스 교회 음악 감독으로 있던 1723년경 바흐는 칸타타를 매주 하나씩 작곡했다. 찾아오는 제자들과 손님들 그리고 아이들로 북적거렸을 집 안에서 바흐는 어떻게 그 많은 곡을 만들어냈을까. 사생활에 대한 기록은 거의 없지만, 어느 책에 따르면 그는 음악에 취미가 없는 사람의 "지저분한 귀를 청소해달라"라고 말하기도 했던, 풍자와 유머 감각을 지닌 사람이었다고 한다.

바흐의 음악적 열정은 그가 시대의 취향과 음악적 경향

에 개방적이었던 데서도 드러난다. 다른 것에 대해 열려 있고 그것을 소화할 수 있는 것은 능력 없이는 불가능하다. 호기심이나 개방성은 그 자체로 뛰어나다는 증거다. 이 개방성은 그의 신앙적 태도에도 해당된다. 바흐는 성서를 열심히 읽었고 그 구절의 빈칸에 주석을 즐겨달았다. 그는 경건하고 독실한 프로테스탄트였지만, 가톨릭 미사곡을 작곡하는 일도 마다하지 않았다. 그에게 중요한 것은 종파가 아니라 믿음이었고, 계층이나 국가 그리고 언어가 아니라 음악적 표현과 이런 표현을 통한 조화의 가능성이었기 때문이다. 하나 속에 모든 것을 담고, 그 모든 것을 다시 하나로 꿰는 미적 원칙 속에서 그는 음악을 통해 교파나 계층, 국가나 언어를 넘어선 보편적 화음의 건축물을 축조하고자 한 것이다. 울림은 여기에서 온다.

그리하여 우리는 300년 전의 바흐를 만나듯이 오늘날에도 살아 있는 바흐를 만나고, 바흐와의 만남에서 우리 아닌 그들을 만난다. 내가 내 속의 다른 나를 만나듯이, 우리는 우리 자신과는 다른 타자를 음악에서 만나는 것이다. 삶의 조화는 이런 만남에서 생긴다.

바흐를 해석한 사람은 여러 명이 있다. 이들의 생각과 해석이 그 나름의 호소력을 지닌다면, '하나의 바흐'는 오늘날의 '여러 바흐'로 다시 태어난다. 하나의 바흐란 통일성이고, 여러 바흐란 다양성이다. 뛰어난 예술가는 다양한 통일성 속에서 세계의 보편적 모습을 구현하면서 늘 새롭게 부활한다. 다양하면서도 통일적이고 통합적이면서도 다채로운 것, 그것은 그 자체로 하나의 세계가 된다. 그러나 이 세계는 단일한 세계가 아니라 복합적 세계, 즉 여러 차원의 세계이다. 이 세계는 어떤 움직임 — 움직임의 균형 속에 있다. 구조와 질서는 이 균형의 산물이다.(우리 시대 가장 뛰어난 바흐 해석자 중 한 사람인 필립 헤레베헤Philippe Herreweghe는 바흐 음악에서 옛날 악기가 결정적이지 않다는 것, 그리하여 "텍스트와 구조가 소리의 옷보다 더 중요하다"라고 최근에 한 인터뷰에서 말한 바 있다.) 움직임의 균형, 그것은 완전성의 표현이다. 다성적 화음의 질서를 느끼고 즐길 수 있다면, 우리는 바흐 공동체의 일원이 될 수 있다.

그러므로 참된 예술은 궁정과 교회의 향유물이 아니라 모든 사람의 자산이다. 이 공공의 자산을 즐기는 가운데 우리는 인간과 사물의 정체성을 돌아보게 된다. 음악은 시민의 학교이다. 여기에서 나는 아프리카에서 환자를 치료하며 살다간 알베르트 슈바이처A. Schweitzer, 1875~1965 박사를 떠올린다.

'문화인간'과 감정의 작은 느낌

사실상 슈바이처는 뛰어난 오르간 연주자로서 바흐에 대한 획기적인 저서를 쓰기도 했다. 의학박사 학위를 받고 아프리카로 가기 전 그는 수년 동안 파리에 있는 바흐 협회의 오르간 주자로 활동했다. 람바레네에서 평생을 보내면서도 그는 의술 활동에 필요한 돈을 마련하기 위해 가끔씩 유럽에서 연주회를 갖곤 했다. 이때의 연주 실황은 아직도 남아 있다.

슈바이처가 연주한 바흐 역시 고전으로 알려져 있지만, 그런 그에게 현대 세계는 서로 적이 되는 잔혹한 무대로 보였다. '생명에 대한 외경畏敬의 윤리'가 필요하다고 그가 『문화와 윤리(Kultur und Ethik)』(1960)에서 역설한 것은 이 때문이다. 외경이란 두려워함을 말한다. 또한 대상에 대해 공손하고 존경하는 마음으로 우러르는 태도이다. 우러르고 존경할 수 있을 때, 우리는 사람과 사물을 파괴하는 대신 그와 어울려 살 수 있다. 그러므로 외경의 마음에는 그가 쓴 대로 "자기 자신과 하나가 되는 것, 다시 말해 보편적이고자 하는 갈망"이 들어 있는 것이다. 이 마음이 들어 있을 때, 우리는 자기만이 아니라 그 이웃 ― 사람과 사물, 동물과 식물, 세계를 생각하는 능력을 지닌다.

이 외경의 마음을 슈바이처는 바흐의 음악에서 느꼈는지

도 모른다. 간결하면서도 부드럽고 온화하면서도 품격 있는 그의 선율은 내가 있는 자리와 그 주변, 그리하여 살아 있는 삶 전체에 대한 새로운 느낌을 갖게 한다.

그러나 삶에 대한 경애심敬愛心만으로 오늘날의 현실과 우리는 대결할 수 있는가. 이는 우리의 현실을 너무 모르고 하는 소리는 아닌가. 지금의 현실은 인본주의자 슈바이처가 살았던 때보다 훨씬 가혹하다. 속도와 경쟁의 이데올로기는 도시와 농촌, 국가와 국가, 동양과 서양을 불문하고 전 지구적 횡포를 부리고 있다. 이 땅의 어떤 식품업자는 매일 먹는 음식에 색소와 방부제를 넣고도 '흔히 있는 일'이라고 우기고, 유통기간을 넘긴 식품을 팔고도 끄덕 없으며, 사람들은 감기에 걸렸을 때도 항생제 등 대여섯 개의 알약을 매일 세 번 삼킨다. 술 취한 사람이 길거리에 쓰러져 있으면 도와주는 척하다가 지갑을 훔치는 것이 우리 사회의 모습이다. 어떻게 할 것인가?

우리가 하는 일이 무엇이건, 그 일의 바탕은 바로 이것 — 거짓과 인공이 아니라 진정眞情과 자연으로 살아가는 것이다. 몸과 영혼은 거짓과 위악을 일삼음이 아니라, 또 방부제나 항생제를 복용함이 아니라 나날의 작고 애틋한 느낌으로, 이 느낌의 미묘한 변화에 주목하는 것으로 좀더 건강해질 수 있지 않겠는가. 음악으로 귀를 씻고, 그림으로 눈을 맑게 하는 일은 이

때 필요하다.

바흐 음악은, 그 섬세하고 풍부한 화음은 영육을 세척하는 일을 감당할 수 있으리라 나는 믿는다. 자의식이 강했던 바흐 같은 이가 세상 때문에 또 자기가 좋아했던 바로 그 음악 때문에 얼마나 상처 입었는지 나는 잘 모르지만, 그의 선율은 음악의 시(musica poetica)로 들린다.

삶과 생명을 우러르는 마음으로 참된 인간성에 다가갈 수 있다면, 그것은 그 자체로 문화의 길과 다를 바 없다. 자신과 타자를 우러르는 마음에는 살아 있는 것에 대한 헌신의 감정이 들어 있기 때문이다. 헌신이란 존재하는 것에 대한 경외감에 다름 아니다. 함께 느끼고 애쓰는 것이 사랑이라면, 생명에 대한 존중은 사랑 속에서 이미 윤리적이다. 삶에 대한 경외란 결국 사랑의 윤리를 말하는 것이다. 이는 윤리를 "살아 있는 모든 것에 대한 무한한 책임"으로 간주했던 슈바이처의 생각과 어긋나지 않는다.

삶에 대한 경애로부터 인간성은 생겨난다. 이 인간성에 복무할 때 사람은 기계 시대에서도 "문화인간"이 될 수 있다고 그가 말했듯이, 인간성 속에서 우리는 삶의 화해적 가능성을 떠올린다. 문화의 길은 바로 이 지점으로 나아간다. 스스로 느끼고 생각하는 능력이 생길 때, 삶의 윤리는 마련되고 문화의 혁신도 이루어진다. 인간성이 결여된다면 윤리도 거짓이 된다. 그러므로 참으로 윤리적인 것은 이성적이며, 문화는 이 인간성의 이성적 길로 뻗어나가야 한다.

문화의 의미가 느끼고 말하고 행동하는 방식에 대한 공적 책임을 일깨우는 데 있다면, 바흐의 음악은 화음의 바다를 감동적으로 체험케 한다는 점에서 삶의 문화적 길을 암시하는 듯하다. 누가, 어느 단체가 연주한 것이건 상관없이 그의 〈골드베르크 변주곡〉이나 〈관현악 조곡〉을 들어보자.

만약 〈골드베르크 변주곡〉을 들었다면, 이 곡을 여러 가지 다른 악기로 연주한 것을 다시 들어보자. 나는 이 작품을 재즈풍으로 슈투트가르트 챔버 오케스트라가 연주한 것으로 처음 들었다가 그 다음에는 란도프스카 여사의 쳄발로 연주로 들었고, 그 다음에는 글렌 굴드의 피아노 연주로, 그 다음에는 바흐 서거 200주년을 기념해서 나온 시트코베츠키와 마이스키 등의 현악 3중주 연주로 들었다. 놀라운 것은 이 연주들이 예외 없이 뛰어나 어느 것 하나 우열을 가리기 어렵다는 사실이다. 바로 이것이 고전의 힘이 아니겠는가?

고전은 고전을 낳고, 이렇게 탄생한 고전은 다시 그 자체로 하나의 세계가 된다. 독자적 세계만이 불멸의 세계를 잉태하는 것이다. 그리하여 고전에는 세계의 세계, 세계의 세계의 세계가 있다. 언제나 새롭게 창출하는 것, 그래서 자신의 매너리즘 속에 몰락하는 일이 없다는 데서 고전은 아직 살아 있다. 거장은 결코 우리를 배반하지 않는다. 그 자리에서 곧바로 연주하는 즉흥연주자로서도 바흐는 유명했지만, 지금 이 자리에서 그를 찾아가는 독자가 몇 명 있다면 이 글의 의미도 다한 것이라고 나는 생각한다. 바흐가 우리를 기다리고 있다.

(2007)

창밖으로 오후의 나무 그늘이 점점 짙어진다. 머지않아 해는
이울고 저녁 바람은 차가워질 것이다. 창밖의 아침 공기, 또
내일을 기다려야 할 것이다. 모든 것이 같아 모이지만 사실 아
무것도 같은 것은 없다. 이 깊은 세계의 놀라운 단순복잡성은
온전히 설명될 수 없다. 단지 모사되고 사려될 뿐. 가치 있다
고 여겨진다면, 그것은 잠시 내 삶 안으로 내재화될 때. 그리
하여 완전한 아름다움은 불가능한 것의 이름이 된다. 나는 나
를 지치게 하고 낙망케하며 무너지게 하는 바로 그곳에서 희
망을 찾아야 한다. 환멸의 제거가 아니라 이 환멸 속에서 다시
시작하고, 고난의 치유가 아니라 이 고난과 더불어 사는 것,
아니 살고자 하는 것. 그래서 궁극에 이르기까지 생명의 리듬
감으로 집요하게 밀고 가는 것. (…)
세계를 움직이는 것은 모순이라 할 수 있다. 이 모순 속에서
모든 것은 어떤 징후와 예감 아래 제 모습을 조금씩 드러낸다.
2015

음악의 깊은 위로

차이콥스키 그리고

가을이라 그런지 이런저런 행사가 많다. 10월 들어 나는 두 번의 연주회에 가게 되었다. 하나는 유리 테미르카노프가 지휘하는 상트페테르부르크 필하모닉 오케스트라의 연주였고, 다른 하나는 구리 아트홀에서 열린 어느 고등학교의 동문 음악회였다.

상트페테르부르크 필하모닉과 고교 음악회

상트페테르부르크 필하모닉이 2014년 10월 10일 예술의 전당에서 연주한 목록은 차이콥스키의 〈프란체스카다 리미니〉(op. 32)와 〈피아노 협주곡 1번〉(op. 23) 그리고 림스키-코르사코프의 〈세헤라자데〉(op. 35)였다. 차이콥스키의 〈피아노 협주곡 1번〉은, 다른 피아노 협주곡이 그러하듯이, 내가 워낙 좋아하는 곡이고, 또 그것이 스비아토슬라프 리히터든

길렐스든, 아니면 아르헤리치나 루빈스타인 혹은 하스킬이든, 여러 연주자의 것으로 다양하게 듣는 터라 친숙한 곡이었다. 아직 앳된 티를 벗어나지 않은 듯한 조성진 군의 협연이었다. 전체적으로 템포가 좀 빠르지 않는가, 그래서 좀 서두르지 않는가 싶었지만, 그러나 그것은 대단한 기량과 표현력이었다. 어떻게 스무 살밖에 되지 않은 청년이 80명이 넘는 거대한 오케스트라의 단원들과 필마단기匹馬單騎로 당당하게 맞서 서로 어울리는 가운데 자기 세계를 펼쳐 나가는지 놀라웠다.

그날 연주에서 내게 가장 인상적인 것은 림스키-코르사코프의 〈세헤라자데〉였다. 「아라비안나이트」에 대한 '교향악적 문학'이라고 불리는 이 곡의 경우, 림스키-코르사코프가 러시아인임에도 이런 이국적인 선율로 신밧드의 모험에 찬 항해를 묘사해 나가는 것이 신기로웠다. 특히 주인공 세헤라자데가 왕에게 이야기를 들려주는 ― 그녀는 이렇게 이야기를 함으로써 자신을 처형하려는 왕의 결정을 하루씩 뒤로 미루고, 그래서 결국 살아남게 되는데 ― 장면을 묘사한 바이올린 독주는 한편으로 신비롭고 독특하면서도 다른 한편으로는 지극히 서정적이고 아름다웠다. 이 독주가 오케스트라 연주와 서로 음을 주고받으며 교류하거나 그에 동반될 때면, 그 협주는 너무도 풍성하고 역동적인 분위기를 만들어내었다. 3~4분 혹은 10~15분이 아니라, 거의 50분 가까이 전혀 다른 어떤 동화적 세계를 관현악적 선율로 펼쳐 보일 수 있다는 사실은 경이로운 일이지 않을 수 없었다. 이 이국적인 바이올린 선율을 나는 그 후로도 자주 웅얼거렸다.

차이콥스키의 〈프란체스카 다 리미니〉는 처음 들어보는 작품이었는데, 바로 이 때문에 작품의 배경이 되는, 단테의 『신곡』에 나오는 프란체스카와 파올로의 비극적인 사랑을 다시 찾아보고 싶은 마음이 일었다. 〈프란체스카 다 리미니〉만큼이나 인상적이었던 것은 앵콜로 연주된 차이콥스키 〈호두까기 인형〉의 〈2인무(pas de deux)〉였다. 나는 이 곡을, 이 연주회가 끝난 후, 발레를 곁들인 원래의 곡으로도 감상하였고, 피아노 편곡으로도 여러 차례 들었다. 그러면서, 잊을 수 없을 만큼 아름다운 곡을 알게 될 때 그러하듯이, '지금까지 무얼 하며 살았던가'라는 자탄도 가끔 하였다.

규모나 수준에서 비할 바가 아니지만, 며칠 전 어느 고등학교의 음악회도 조촐하나 다양한 목록으로 꾸며진 것이었다. 오케스트라 연주 외에 색소폰 독주도 있었고, 소프라노 독창이나 남성합창도 선보였다. 어머니 합창단의 서너 편 레퍼토리는 가을의 밝고 청명한 분위기에 잘 어울리는 것이었다. 참석자 대부분은 아마추어였지만 다들 정성스레 준비된 것이었고, 전문 음악가도 출연하여 음악회의 질을 높여주었다. 그렇게 연주된 곡 중의 하나는 레하르의 오페레타 〈즐거운 미망인〉 가운데 나오는 〈입술은 침묵하네(Die Lippen schweigen)〉였다. 더구나 이것은 병을 앓고 있는 일곱 살 아이를 돕기 위해 마련된 자선음악회였다. 음악을 감상하는 시간이 선의에 동참하는 자연스런 기회가 되는 이 모임에서 나는 우리 사회의 생활과 심성이 유연화되어 가는 문화적 방식이 늘어가고 있다는 흐뭇한 인상을 받았다.

음악의 말 없는 위로

나는 문학을 좋아하지만, 그리고 그림이나 철학이나 건축 등 예술 일반에도 관심을 갖고 있지만, 그러나 이 관심이 아무리 크다고 해도 문학과 회화의 위대함은 음악의 위대함에 비할 바는 아니지 않는가, 라고 가끔 생각한다. 이러한 인정은 문학을 사랑하는 내게는 그리 내키지 않는, 그리고 그 때문에 조금 쓸쓸한 일이지만, 그래도 이것은 받아들여야 할 것 같다. 왜냐하면 음악은 말 없는 가운데 인간의 감정과 삶, 그리고 그 너머의 세계까지 느끼게 하기 때문이다. 이 느낌은 때때로 감동의 차원으로까지 고양되기도 하지만, 이 고양의 순간에서조차 음악은 혹은 음악가나 연주자는 자신의 진리를 '주장'하거나 그 진정성을 '설명'하지 않는다. 그들은 그냥 말없이 작곡하거나 연주한 후 무대에서 사라진다.

위대한 것 앞에서는, 그것이 무엇이든, 사랑이든 신이든 자연이든 선의든, 우리는 할 말을 잃지 않는가? 감동 앞에서 입은 침묵하고 만다. 음악의 위로는, 그것이 말을 쓰지 않는다는 점에서, 아니 말을 넘어선다는 점에서, 참으로 '깊다'.

이 '말없음' 속에서 음악은 주어진 것들 ― 말로 표현된 경험과 사실적 차원을 넘어 저 머나먼 곳, 말하자면 초월적이고 형이상학적인 지평으로 나아간다. 이 초월적 지평의 그 어디에 신적인 것은 자리할 것이다. 그러고 보면, 음악은 땅에서부터 땅 위의 하늘로 나아가고, 지상적인 것으로부터 천상적인 것으로 옮아가면서 이 두 차원을 이어 준다. 그래서 그런 것인가? 음악은, 내가 무슨 일을 하고 어디에 소속되며 어떤 고민에 빠져 있어도, 적어도 나의 몸이 지금 몹시 아픈 상태가 아니라면, 그 직업과 소속과 고민을 넘어 이런 저런 식으로 마음을 다독여준다. 그러나 이 다독임은, 앞서 말했듯이, 일체의 훈계와 설교를 넘어 자리한다.

음악은 결코 지시하거나 명령하지 않는다. 또 가르치려 하거나 지도하려 하지 않는다. 그것은 어떤 선율의 흐름 속에서, 오직 그 흐름이 만드는 장면의 묘사를 통해서 우리의 숨은 감정과 드러나지 않은 정서에 깊게 호소한다. 물론 이러한 호소가, 듣는 쪽에서 무감각하면, 아무것도 아닌 것으로 받아들여질 수도 있다. 음악의 선율이 영혼의 그 어떤 파장을 만나지 못할 때도 있다. 사람은 사람 수 만큼이나 다르다. 그러나 바로 이 '다를 수 있음'을 예술은 존중한다. 예술은 개별적인 것의 진실을 존중하기에 그 반향도 각자의 판단에 맡길 뿐 결코 강요하지 않는 것이다. 여기에 심미적인 것의 특징이 있다. 그러나 이것은, 우리가 예술적 감수성을 연마한 경우라면, 얼마든지 새롭게 받아들일 수 있다는 것을 뜻하기도 한다.

그리하여 좋은 음악은 우리의 감정에 깊이 호소한다. 그래서 영혼의 심연을 말 없는 선율 속에서 뒤흔든다. 우리가 귀하게 여기는 가치들 — 사랑과 선의, 믿음과 헌신, 자유와 평등 그리고 형제애도 이런 감동 속에서 다시 떠올리게 된다. 사실 인류가 추구하고, 예술과 철학 그리고 문화가 희구하는 거의 모든 보석들도 바로 여기에 모여 있다. 바로 그 점에서 음악은 또 '아름답다'고 할 수 있다. 그러니까 음악의 아름다움은 그 말 없음, 말 없는 가운데 이뤄지는 어떤 정서적 호소, 그리고 그로 인한 영혼의 파장 속에서 선의에 동참하게 한다. 이 점에서 우리는 '윤리'를 말할 수 있고, '아름다움의 깊이'도 말할 수 있을 것이다. 깊이에 닿아 있지 않은 아름다움은 표피의 아름다움이고, 그래서 그것은 '가짜 아름다움'일 공산이 크다.

삶을 기뻐하는 것

음악의 선율은 모든 언어를 넘어서는 세계다. 음악은, 그
것이 소리를 통해 소리 너머의 세계를 암시하고 드러내고
느끼게 한다는 점에서, 유일무이하다. 또 그것이 소리 너머
의 세계를 이 말 없는 선율로 느끼게 하는 가운데 우리에게
'말을 건다'는 점에서, 위대한 것이기도 하다. 이 너머의 세
계란 무한의 세계일 것이다. 그것은 저 바닥의 가없는 심연
이거나 하늘 높이 그 어느 곳으로 나아간다.

이 선율의 날개를 타고 나는, 마치 신밧드가 거친 파도를
헤치며 새로운 세상으로 모험을 나서듯이, 저 아득한 곳으
로 날아간다. 아니, 그렇게 날아간다고 이따금 상상한다. 이
해는 자리 옮김에서 생겨난다. 그곳이 뭐라고 불리든, 이데
아든 낙원이든 아니면 사랑이든, 그것은 내가 꿈꾸고 아마
우리 모두가 그리워하는 곳일 것이다. 우리가 음악의 선율
에서, 이 선율의 감동에서 결국 꿈꾸고 어렴풋이 헤아리게
되는 것도 이 세계의 전체 — 무한히 열려 있는 아득한 지평
일 것이다.

이 아득한 지평, 이 무한한 지평의 경험에서 우아함이나
고귀함도 생겨나는 것 아닐까? 바로 이 때문에 인간은 행복
을 느끼고, 예술의 경험에서 어떤 고양감을 느낄 것이다. 인
식의 끝에는 우아함이 있다. 정신의 목표는 고귀함일 것이

다. 음악은 이 드높은 각성 — 우아함과 고귀함을 체험케 한다. 이 체험 속에서 우리는 아득한 곳으로부터 들려오는 어떤 메아리를 듣게 된다.

그렇다면 왜 이런 경험이 필요할까? 보자르 트리오Beaux Arts Trio에서 53년 동안 피아니스트로 활약했던 메나헴 프레슬러M. Pressler는, 2013년에 90살 나이로 베를린 필하모닉에서 다시 솔리스트로 데뷔하면서, 음악의 메시지는 '삶을 즐거워하는 것(sich zu freuen am Leben)'이라고 말했다. 음악이 일깨우는 영감은 나이와 더불어 우리가 잊어버린, 또 현대에 들어와 상실한 원래의 어떤 삶 — 파편화되기 전의 삶의 폭과 넓이를 상기시켜 주는 것이 아닐까? 그것은 넓고 깊은 세계의 본래성을 다시 돌아보기를 촉구하지 않는가? 이 본래적 공간에의 촉구는, 이미 언급했듯이, 말이 아니라 선율을 통해 이뤄진다.

그리하여 음악은 오늘의 삶을 기뻐하게 한다. 음악의 움직임은 곧 삶을 경탄하는 움직임이기 때문이다. 음악은 지금 여기의 삶을 향유케 한다. 고교 음악회에서 어머니 합창단이 불렀던 〈10월의 어느 멋진 날에〉의 잘 알려진 가사도, 소박하지만 바로 이 점을 노래한 것이었다.

창밖에 앉은 바람 한 점에도

사랑은 가득한 걸

널 만난 세상 더는 소원 없어

바람은 죄가 될 테니까

살아가는 이유

꿈을 꾸는 이유

모두가 너라는 걸

네가 있는 세상

살아가는 동안

더 좋은 것은 없을 거야

　음악은 이 삶의 세계를 좁고 얕게 살지 않도록, 그래서 지
금 세계를 원래의 충일한 가능성 속에서 느끼게 하는데 불
가결해 보인다. 이 다른 세계, 이 다른 지평을 느끼는 것은
결국 내가 사는 지금 삶이 당연한 것은 아니라는 것, 그것은
그 나름의 절박한 놀라움을 내포한다는 것을 알려 준다. "살
아가는 이유, 꿈을 꾸는 이유"는 아마 "창밖에 앉은 바람 한
점에도/사랑은 가득한 걸" 깨닫는 데서 시작할지도 모른다.
　마치 세헤라자데가 이야기를 들려줌으로써 왕의 처형을
뒤로 미루듯이, 그리하여 '하루 더' 자기의 생명을 연장하듯
이, 우리는 그런 이야기를 읽으면서, 또 그 이야기를 표현한

음악을 들으면서 우리의 삶을 이어가고 누리고, 그리하여 더 살 만한 것으로 만든다. 예술은 우리가 사는 지금의 삶을 진정 처음으로 살게 하는 것이다. 하지만 우리를 참으로 행복하게 하는 것은 그저 침묵 속에 간직하는 것이 더 좋을지도 모른다. 그렇다면 나는 왜 지금 이렇게 쓰고 있는 것일까?

(2014)

시적 순간이라는 것이 있다. 제임스 조이스가 말한 '에피파니epiphany'나 발터 벤야민이 말한 '세속적 계시(profane Erleuchtung)의 순간'이라고 부를 수도 있을 것이다.

우리의 삶에는 미묘하고도 불가사의한 전화轉化의 순간이 가끔 있다. 내가 나이면서 내가 아닌 듯한, 그래서 나를 넘어 나 이외의 것으로, 너로 그리고 나의 주변세계로 확장되는 듯한 느낌이랄까. 말하자면 그것은 실존적 고양의 순간이기도 하다.

나에게 그것은 음악을 듣거나 책을 읽거나 어떤 그림을 쳐다볼 때, 혹은 해질녘 어느 숲속 나무 아래를 걸을 때, 그렇게 걸으며 조금 전 아니면 아주 오래전에 접했던 것들을 조용히 떠올릴 때, 혹은 그 모든 것들에 둘러싸인 채 조용히 있어 있을 때, 간간이 일어났던 것 같다. 아니면 누군가를 만나거나 어떤 사건을 경험했을 때 일어난 적도 있었다. 그러나 그것은 혼자 있을 때 일어난 경우가 많았다. 그리고 그 순간은 대체로 행복했던 것 같다.

2015

문학에 대한 두 편의 글

白石

Hermann Hesse

모순과 설움과 아이러니

백석의 고향

능소화의 사랑 방식

헤세의 『유리알 유희』

모순과 설움과 아이러니

그러니까 칙령에는 전혀 언급되어 있지 않고, 교황이 각자에게 마음대로 방귀를 뀔 수 있는 자유를 허용한 것을 고려할 때, 두 겹으로 된 반바지에 줄무늬가 없고 세상에서 아무리 가난하더라도 하인배에 속하지만 않는다면, 종달새들을 부화시키기 위해 새로 밀라노에서 갓 생겨난 무지개는 그 여인이 그 당시 오래된 장화의 제조법을 이해하는 데 필요했던 불알이 달린 작은 생선들의 거절증서에 의거해서 좌골신경통 환자들에게 사발에 담아 대접하는 것에 동의했습니다.

_ 라블레, 『팡타그뤼엘』(1532)

이제나저제나 인간의 현실을 채우는 것은 끝간 데 없는 모순과 역설과 아이러니다. 이 모순과 역설의 기나긴 행렬이 삶을 구성한다. 500여 년 전의 라블레F. Rabelais가 파리 시민들에게 '포도주'를 제공한답시고 신나게 오줌을 싸서, '여인네와 아이들을 빼고 26만 4백 18명을 익사시킨' 것은, 그리고 법률책이란 '금실로 짠 아름다운 옷을 똥으로 수놓은 것'에 불과하다고 조롱한 것은 인간 삶을 구성하는 근본적 몽매와 위선 그리고 허상 때문이었을 것이다.

편협한 신앙(종교)과 앞뒤 막힌 법률(법제도)과 비뚤어진 논리(이성/학문)는 이 허상의 대표적 체계였다. 이 허상을 드러내기 위해 라블레는 엄숙하고 휘황찬란하며 거룩한 것을 조롱하고, 갖가지 신분적 제약과 종교적 규율과 사회적 금기사항으로부터 벗어나, 눈물보다는 웃음에 대해 글을 쓰고 싶어했는지도 모른다. 그의 글에서는 얼마나 많은 사람들이 먹고 마시고 농담하며, 트림하고 방귀 뀌고 오줌 싸고 똥 누며, 춤추고 노래하고 뒹굴며 하루를 보내는가? 글을 쓰는 일도 먹고 자고 쉬고 마시고 일의 천국 같은 축복을 건배하는 것과 다르지 않다고 여겼던 것 같다.

삶에는 이 팡타그뤼엘리즘Pantagruelism — 감각적 육체적 쾌락을 외면하지 않으면서, 위선과 타락을 경계하면서, 그리고 좋은 음식을 먹으면서, 즐겁고 평화롭게 사는 일 이외의 길은 없는 것일까? 그 이외의, 혹은 그보다 더 나은 대응 방식이 있는 것일까? 그 같은 길이 있든 없든 간에, 문학이 지금까지 보여준 길은, 대체로 보아, 그런 모순과 역설과 아이러니를 관통한 설움의 길이었음에 틀림없어 보인다. 시인 김수영은 「거미」(1954)라는 시에서 이렇게 썼다.

나는 너무나 자주 설움과 입을 맞추었기 때문에
가을바람에 늙어가는 거미처럼 몸이 까맣게 타버렸다.

삶의 역설과 모순을 외면할 순 없다. 그래서 시인은 그 설움과 자주 "입을 맞추"게 된다. 그래서 그의 몸은 "가을바람에 늙어가는 거미처럼" "까맣게 타버"린다. 그는 "모리배들한테서 언어의 단련을 받는다"고 썼지만, 나는 모순과 설움과 아이러니에게서 사고와 언어를 연마하고, 이 삶을 배운다. 예술은 삶이 미처 경험케 하지 못하는 모순과 슬픔과 아이러니를 느끼게 해주기 때문이다. 여기 백석白石의 시 한 편이 있다.

포근한 봄철날 따디기의 누굿하니 푹석한 밤이다
거리에는 사람두 많이 나서 흥성흥성할 것이다
어쩐지 이 사람들과 친하니 싸다니고 싶은 밤이다

그렇건만 나는 하이얀 자리 우에서 마른 팔뚝의
새파란 핏대를 바라보며 나는 가난한 아버지를
가진 것과 내가 오래 그려오던 처녀가 시집을 간 것과
그렇게도 살뜰하던 동무가 나를 버린 일을 생각한다

또 내가 아는 그 몸이 성하고 돈도 있는 사람들이
즐거이 술을 먹으러 다닐 것과
내 손에는 신간서新刊書 하나도 없는 것과
그리고 그 〈아서라 세상사世上事〉라도 들을
유성기도 없는 것을 생각한다

그리고 이러한 생각이 내 눈가를 내 가슴가를
뜨겁게 하는 것도 생각한다

「내가 생각하는 것은」(1938)

백석은 어둡고 암울한 일제시대의 분위기를 누구보다 토
착적인 시어로 그려낸 시인으로 알려져 있다. 그러나 반드
시 이것이 아니어도 그의 시는 어떤 것이나 이 땅에 살았던
사람들과 그 신산스런 생활을 아련하고도 쓸쓸한 어조로 보
여준다.

거기에는 온갖 사람들과 살림살이 도구와 동물 이름이 줄
줄이 나온다. 가즈랑집 할머니가 나오고, 아배와 엄매, 광대
와 장꾼과 도적놈이 등장하고, 물지게꾼과 새악시, 애기무
당과 늙은 말꾼이 모습을 드러낸다. 항아리와 쌀독, 고방과
멍석과 병풍과 윗목과 모닥불이 그려지고, 술집과 거리와
벌판과 정거장이 스쳐간다. 시에 나오는 사람들은 도토리묵
을 만들고, 찹쌀 탁주를 마시며, 인절미와 송구떡을 해먹고,
콩나물과 고사리와 술국을 끓이고, 호박떡을 나눠 먹는다.
어딜가나 살구나무와 자작나무가 주변에 서 있고, 호박잎과
옥수수와 도라지꽃과 동백꽃이 피어 있으며, 승냥이와 도야
지 그리고 새끼오리가 돌아다닌다. 망아지와 토끼가 뛰어다

니는가 하면, 메추라기와 날버들치가 헤엄치고, 물총새와 짝새, 까치와 멧비둘기가 여기저기 우짖는다. 한편으로 개울물소리와 들뜬 기분, 웃음소리와 빛나는 달밤이 있다.

이것은 주로 1930, 40년대 한국의 농촌공동체, 특히 평안도 지방의 살림살이를 보여주지만, 크게 보면 그 당시 평민적 삶의 한 전형이라고도 할 수 있다. 더 평이하게 보면, 어려운 시절에 겪게 되는 인간 일반의 고단한 생활정경이라고나 할까. 그리하여 거기에는 문학과 예술의 어떤 근원적 지향도 배어 있는 듯 보인다. 잃어버린 것들에 대한 말할 수 없는 회한이 들어 있는 것이다.

위 시에서 화자는 봄철의 포근한 밤이어서 거리에는 사람들이 "흥성흥성할 것"이고, 그래서 "어쩐지 이 사람들과 친하니 싸다니고 싶은" 마음을 갖는다. 그러면서 "마른 팔뚝의/새파란 핏대"에서 "가난한 아버지를/가진 것과 내가 오래 그려오던 처녀가 시집을 간 것과/그렇게도 살뜰하던 동무가 나를 버린 일을 생각한다". 또 "몸이 성하고 돈도 있는 사람들이/즐거이 술을 먹으러 다닐 것과" 자기에게 "신간서新刊書 하나도 없는 것과/그리고 그 〈아서라 세상사世上事〉라도 들을/유성기도 없는 것을 생각한다". 그가 떠올리는 것은 지금 여기에 없는 것들 ─ 빈곤한 사람들과 채워지지 못한 사랑과 신간서와 유성기 같은 것들이기도 하고, 생애의 좌절이나 환멸이기도 하다.

　이러한 목록들은, 정확히 말해, 빈곤과 실패와 좌절과 환멸 자체가 아니라 이것들에 대한 기억이다. 이 기억에는 시간적 거리가 놓여 있다. 그리고 이 거리감 때문에 기억은 안타까운 회한이 되고 아쉬움이 된다. 아쉬움은 조금 지나면 슬픔으로 변한다. 그래서 시적 자아는 적는다. "그리고 이러한 생각이 내 눈가를 내 가슴가를/뜨겁게 하는 것도 생각한다." 시적 주체는 그저 눈물을 흘리고 가슴이 뜨거워지는 데 그치는 것이 아니라, 이 눈물과 눈물에 적셔진 가슴의 뜨거움을 "생각한다". 이 생각에 기대어 그는 체험에 대한 비판적 거리를 확보하고, 이 거리감 속에서 감정적 정서적 차원으로부터 논리적 사유적 차원으로 나아가는 것이다. 마치 가차 없는 조롱과 해학 속에서도, 단순히 이 조롱과 풍자가 빈정거림에 그치는 것이 아니라, 전해져오는 사상과 상징의 골수를 배우고 소화하면서 저 위대한 라블레가 인간 삶의 자유의 가능성을 탐색하는 데로 나아가듯이.

　이렇게 나아가는 힘은 물론 시적 주체의 반성력이다. 시적 화자의 고통이 감상적 허위에 빠지지 않는 것도 이 반성적 인식력 덕분이다. 그래서 화자의 고통은 상당 부분 누그러지면서 그의 감정은 인식의 차원으로 고양된다. 이런 이유에서 우리는 '시적 지양' 혹은 '서정적인 것의 변증법'을 말할 수 있을지도 모른다. 참으로 시적인 것은 감정적 차원에 머무는 것이 아니라, 삶의 모순과 서러움과 아이러니를 넘어, 수치와 분노와 역겨움을 견디며 사유적 인식적 차원으로 나아간다. 즉 감정의 자기변용이 이뤄진다. 이것은 그 자체로 심미적인 것의 잠재력을 증거한다. 왜냐하면 이것은 '시라는 문학작품 속에서' 일어난 것이기 때문이다. 시인이 지나간 경험을 표현 속에서 지양하듯이, 이렇게 표현된 시를 읽으며 우리/독자는 감정적 고양을 경험한다. 시적 창작의 과정에서나 창작된 작품의 수용 과정에서 감정의 이성적 전환이 두루 일어나는 것이다. 심미적 사건이란 감성의 이 같은 이성적 전환 ― 예술경험을 통한 자기변형을 일컫는다.

우리를 에워싼 삶의 전선戰線은 눈에 보이지 않는다. 지도책은 생계의 전선을 알려주지 않는다. 그렇지만 도처에 적이 있고 장애가 있다. 나의 외부에 적이 있듯이, 나의 내부에도 적이 있다. 세상이 적이면서 나 자신이 내게 적이기도 하다. 그리하여 우리는 싸우는 가운데 쉬어야 하고 쉬면서도 싸워야 한다.

싸움과 휴식의 이 중간활동 ― 싸우면서 쉬는 긴장을 무엇이 견딜 수 있는가? 나는 그것이 시이고 예술이라고 여긴다. 시를 통해 감각은 감상적 허울을 벗고 견고한 사유의 영역으로 확장된다. 그래서 시의 슬픔은 슬픔이 아니고, 시의 서러움은 서러움이 아니다. 그것은 반성된 슬픔, 되짚어진 서러움이기 때문이다. 그래서 시적 자아는 끊임없이 삶을 되뇌이고 경험을 되새기며 생활을 되비춘다. "나는 내 슬픔이며 어리석음이며를 소처럼 연하여 쌔김질하는 것이었다."(「남신의주유동박시봉방南新義州柳洞朴時逢方」(1948)) 무엇을 되새김질 하는가? 그것은 크게 보면 세상에 존재하는 모든 것들이고, 작게 보면 매일 겪게 되는 생활의 슬픔이다.

> 구신과 사람과 넋과 목숨과 있는 것과 없는 것과 한
> 줌 흙과 한 점 살과 먼 옛 조상과 먼 훗자손의 거룩한
> 아득한 슬픔을 담는 것

「목구木具」(1940) 중에서

> 눈물의 또 볕살의 나라에서 당신은
> 이 세상에 나들이를 온 것이다
> 쓸쓸한 나들이를 다니러 온 것이다

「허준許浚」(1940) 중에서

시를 읽으며 우리는 "구신과 사람과 넋과 목숨과 있는 것과 없는 것"을 살펴보고, "한 줌 흙과 한 점 살"을 헤아리며,

이 한 줌 흙으로 된 이전의 육체를, 그리고 이 육체를 가지고 살았던 "먼 옛 조상과 먼 훗자손"을 돌아본다. 옛 육체를 돌아보는 것은 지금의 육체다. 여기에서 묻어나는 것은 "거룩한 아득한 슬픔"이다. 이 거룩한 슬픔을 "담는 것", 그것이 시이고 문학이고 예술이다.

그러므로 우리는 삶의 전체성과 다시 만나야 한다. '전체가 거짓'이라고 해도, 우리의 삶이, 나날의 현실이 이 전체 속에서 움직이는 한, 전체는 하나의 궁극적 지향점이다. 왜 그런가? 이 전체에서 우리의 지식과 인식은 좀더 온전해지고, 우리의 표상은 덜 오염되기 때문이다. 전체만이 세계의 필연적 질서에 속하기 때문이다. 그리하여 우리는 언어와 사유와 표현의 순수성과 그 기원을, 이 물음이 허위적이고 때로는 위험할 수 있다고 해도, 거듭 묻는다. 시가 묻는 일도 이와 다르지 않다.

시와 예술은 삶의 전체를 묻는다. 시의 예술에서 우리는 삶의 전체 — 지난날의 생활과 인간을 만난다. 이것이 감각에서 촉발된 사유의 인식적 힘이고, 이 힘을 추동하는 것은 반성력이다. 이 반성력의 계기는 예술이다. 그렇다면 이때의 반성력은 심미적 반성력이다. 심미적 반성력 속에서 감성과 이성은 서로 만나고, 감각은 사유와 하나로 결합한다. 이것이 '심미적 이성'이다.

아마도 이 결합 속에서 시인은 나물 먹고 물 마시며 팔베개 하고 누웠던 순정했던 옛날들을 떠올리고, 광개토대왕을 생각하며, 참으로 밝고 그윽하고 깊은 마음을 헤아리고, 맑고 외롭고 높고 쓸쓸하게 살아가도록 태어난 것들을 그리워한다. 그래서 백석은 썼다. "나는 이렇게 한가하고 게으르고 그러면서 목숨이라든가 인생이라든가 하는 것을 정말 사랑할 줄 아는/그 오래고 깊은 마음들이 참으로 좋고 우러러진다"(「조당澡塘에서」(1941)). 예술이 삶의 가능성을 헤아린다면, 그 가능성이란 무엇보다 "오래고 깊은 마음들"을 헤아리는 데 있고, 이 마음들이 열어놓은 어떤 지평을 떠올리는 데 있다. 그것은 "한가하고 게으르"면서도 "목숨"이나 "인생"을 "정말 사랑할 줄 아는" 일이다. 우리는 예술경험 속에서 "사람들의 얼굴과 생업과 마음들을 생각해보"는 것이다.(「산중음山中吟」(1938)) 이처럼 시의 방법은 구체적이고 생생하다.

진리는 인식이론적으로, 적어도 현대에 들어와서 그것은 더 이상 실체화될 수 없다. 그것은 하나가 아니라 여러 개이고, 이 여러 개도 일정한 형태를 갖기보다는 하나의 가능성으로, 그래서 차라리 하나의 윤곽으로 존재한다. 그것은 양자역학적 사고가 보여주듯이, 형태나 파동으로 확정될 수 있는 것이 아니라, 오히려 어떤 상태에 가깝다. 따라서 그것을 포착하는 언어는 모호할 수밖에 없다. 그러므로 언어는 수많은 빈틈과 반증을 허용하는 것이어야 한다. 그렇다는 것은 예술의 표현이 삶의 역설과 모순에 너그럽지 않을 수 없다는 뜻이기도 하다. 현대의 예술가가 한 입장이 아니라 여러 입장을 가지며, 이 여러 입장 아래 다양한 실험을 내용적 형식적으로 하는 것은 자연스럽다.

현대의 예술가는 활동에 있어 근본적으로 실험적 인간이고, 사고에 있어 변증법자이며, 관점에 있어 아이러니스트다. 반어적 변증법자는 아마도 우울한 사람일 것이다. 그는 수많은 의미론적 상실을 허용해야 하고, 자기가 지향하는 철학적 진리와 대립되는 것조차 사양치 않아야 하기 때문이다. 그래서 슬픔이나 비판은 거의 생래적이게 된다. 릴케가 적은 대로, "삶은 모든 사물의 무게보다 더 무거운 것(das Leben ist schwerer als die Schwere von allen Dingen)"인가? 이 슬픔이 아무리 크다고 한들, 그래서 삶의 쓸쓸함은 피할 수 없다고 해도, 그것이 그러나 허무와 비관에 빠지는 근거가 되어선 곤란하다. 허무와 비관에 빠져 근대적 유산들 — 자유와 인권과 평등과 민주주의를 외면하는 데로 나아가선 안 된다. 인간은 본능적 동물이지만, 그렇다고 신경세포의 제어만으로 움직이진 않으며, 남녀 간의 연애가 서투르다고 해서 호르몬의 배합 문제로 사랑이 환원될 수 없는 것과 마찬가지다. 인간도 현실처럼 복합성의 지평 위에서 자기를 전개하기 때문이다.

이제 우리는 사실의 바탕 위에서 감각을 경험에 열어둔 채, 사고를 정밀하게 하면서 현실을 다각도로 탐색할 수 있어야 한다. 관점의 일관성을 유지하되 삶의 파편과 불연속성도 포함하는 원리를 견지하는 것이 가능할까? 타성을 벗어나는 충격을 주면서도 어떤 의미의 메아리를 잃지 않고, 값싼 감상과 진부한 신파를 거부하면서도 어떤 근원적 시초를, 이 시초의 전일성純一性을 잊지 않는 그런 글을 우리는 쓸 수 있을까?

우리는 그림을 보며 경험의 한 장면을 떠올리고, 음악을 들으며 새로운 현재를 만들고, 시를 읊조리면서 흘려보낸 시절의 기억을 더듬는다. 그 속에는 미처 알지 못하는 집의 현관이 놓여 있고, 이 현관을 들어서면 몇 개의 방이 있다. 책과 화병과 팔걸이의자와 탁자 같은 오랜 물건들이 놓인 그 방과 또 다른 방 사이에는 긴 복도가 놓여 있고, 이 복도의 끝에는 다락으로 올라가는 나무계단이 오후 햇살 아래나 있다. 이 다락의 열린 창밖으로는 별들로 총총한 먼 하늘이 열릴 수도 있을 것이다. 모든 방과 복도와 계단과 지붕, 집의 안과 그 밖의 세상은 이렇듯 어지럽게 흩어져 있다. 흩어져 있으면서 우리가 다가가기를, 다가가 다시 보고 읽고 느껴지길 기다린다. 우리를 둘러싼 사물들은 지금과 다르게 해독되길 기다리는 것이다.

예술의 주체가 노니는 시적 공간, 이 공간에서의 탐사도 이와 다르지 않다. 백석과 윤동주가 염원한 것도, 그리고 이 두 시인이 즐겨 읽었던 릴케가 보여준 것도 바로 이 시적 세계의 서정적 의미였다.

> 나는 이 세상에서 가난하고 외롭고 높고 쓸쓸하니
> 살어가도록 태어났다
> 그리고 이 세상을 살어가는데
> 내 가슴은 너무도 많이 뜨거운 것으로 호젓한 것으로
> 사랑으로 슬픔으로 가득 찬다
> (…)
> 초생달과 바구지꽃과 짝새와 당나귀가 그러하듯이

「흰 바람벽이 있어」(1941) 중에서

결국 중요한 것은 서정적인 것의 현실적 의미다. 시가 환기하는 서정적인 것의 생활적 파급력이다. 그것은 다르게 말해 예술의 반성적 잠재력과 같다. 시와 그림과 음악이 나날의 삶에 에너지를 가질 수 있는가? 우리는 어떻게 시와 예술의 즐거운 경험 속에서 고통과 오해의 역사를 줄여갈 수

있는가? 그것이 제대로 된다면, 심미적 경험은 그 자체로 화해의 출발점이 될 것이다.

예술은 궁극적으로 삶의 구제적 화해를 지향한다. 그러나 그것은 손쉬운 타협과 순응이 아니라, 갈등과 불화의 어두운 경로를 통해 힘겹게 이뤄진다. 내세에서의 종말론적 구원이 아니라 지금 여기에서의 현실적 구제가 중요하다.

(2015)

능소화의 사랑 방식

헤세의 『유리알 유희』

서울로 가면 서울에 일이 있고, 청주로 오면 청주에 일이 있다. 해야 하는 일은 끊이지 않지만, 그러나 그 일은 내가 감당할 수 있는 것이고, 무엇보다 좋아하는 일들이라 큰 어려움은 없다. 그렇게 황망하던 여름이 지나가고, 이제 아침 저녁으로 서늘한 바람이 분다. 가을이 또 부지불식간에 오고 있는 것이다.

능소화 한 줄기

정신없이 여름방학을 보내다가 오랜만에 연구실로 나왔다. 방 청소를 하다가 창가 한구석에서 능소화 한 줄기를 발견했다. 내가 있는 방은 3층이고, 능소화는 이 방의 창가에 무성했었다. 그러나 두어 해 전 벌레 때문인지 없애 달라는 누군가의 청이 있어 깡그리 잘려나갔던 것인데, 이렇게 높은 곳까지 그 사이에, 그 무덥고 가뭄 심하던 시간 동안에 생명의 푸른 줄기를 뻗친 것이다. 자세히 보니, 까칠한 줄기는 손가락만큼이나 굵다. 아마 주황색 꽃은 내년이 되어야 볼 수 있겠지만, 싱그러운 잎들을 보는 것만으로도 벌써 마음이 밝아온다.

능소화 줄기 하나에도 이렇게 마음이 흐뭇해지다니, 고마운 일이 아닐 수 없다. 능소화 줄기가 그 차가운 벽돌 표면을 타고 올라갈 수 있는 것은 흡착근吸着根 — 빨아들이는 작용을 하는 뿌리 때문이다. 이 뿌리에서, 찾아보니, 점액 같은 물질이 분비되어 이 뿌리와 접촉면 사이에 상호작용이 일어난다고 한다. 능소화 뿌리는 이 점액 덕분에, 그것이 가닿는 물체의 표면이 어떠하건 관계없이, 접착제처럼 꽉 달라붙어 이 표면으로부터 떨어지지 않는다. 생명을 퍼뜨리는 뿌리로서의 흡착근…. 나는 능소화의 푸른 잎과 이 잎의 생명을 가능하게 한 흡착근을, 이 흡착근의 말 없는 고투를 떠올린다. 고투苦鬪/孤鬪, 그것은 고통스런 싸움이고 외로운 투쟁이다. 이 외로운 싸움 속에서 능소화 뿌리는 말 없는 헌신을 하고 있는 것이다. 사실 좋은 예술 작품이 끊임없이 상기시켜 주는 것도 바로 이런 것이 아닐까?

Hermann Hesse 〈Landschaft im Tessin〉 1924

헤세의 『유리알 유희』

방학 때 읽은 책 가운데는 헤르만 헤세H. Hesse의 『유리알 유희(Das Glasperlenspiel)』(1943)가 있었다. 이 작품은 그가 50대 중반이던 무렵, 그러니까 나치즘이 득세하던 1932년에서부터 10년에 걸쳐 쓴 말년의 대작大作이다. 그 때문에 이것을 간단히 말하기란 어렵다. 하지만 그 복잡한 양상을 몇 가지로 요약해 보는 것도 오늘의 흐트러진 삶을 추스르는 데 도움이 된다.

학문과 예술의 최고 가치를 마치 파이프오르간을 연주하듯 다루는 고도의 놀이이자 교양 교육이 '유리알 유희'라고 한다면, 이 모든 정신적 가치를 추구하는 사람들이 모여 사는 지역이 카스탈리엔Kastalien이다. 이것은 괴테가 이상으로서 추구했던 '교육 주(die pädagogische Provinz)'와 비슷한데, 그 주인공은 요셉 크네히트Josef Knecht라는 인물이다. 소설 『유리알 유희』는 이 놀이의 명인이던 그의 삶을 미래의 시점에서 회고하는 형식을 띤다. 이런 회고 속에서 이 작품은 전쟁과 폭력, 그리고 탐욕으로 황폐해진 현실에서 어떻게 순수한 정신의 문화가 지켜질 수 있는지를 탐색한 것이다.

『유리알 유희』의 구조는 크게 보아 두 축 사이에서 움직인다고 할 수 있다. 두 축이란 물질과 정신, 혼돈과 질서, 탐욕과 절제, 그리고 전쟁과 평화다. 세계는, 특히 헤세가 겪은 20세기 전반기의 현실은 이 두 축 가운데 앞의 것 — 물질과 그에 대한 탐욕 속에서 전쟁을 치르면서 혼돈에 빠진 곳이다. 그리하여 문제가 되는 것은 "삶의 황량한 기계화, 도덕의 심각한 타락, 각 국민의 신앙 상실 그리고 예술의 가짜화"다. 이 엉터리 현실에 대하여 헤세는 이렇게 묘사한다.

그 당시 중간쯤 되는 도시의 시민이나 그 부인은 대개 일주일에 한 번, 그러나 대도시에서는 거의 매일 밤 여러 강연을 들을 수 있었다. 이런 강연에서 청중은 완전히 수동적이었다. 내용에 대해서는 청중의 어떤 관계, 말하자면 소양과 준비, 그리고 소화 능력이 말없이 전제되었지만, 대개의 경우 이것은 결여되어 있었다. 즐겁고 활기차거나 재미있는 강연들도 열렸는데…, 여기서는 숱한 지적 유행어가 주사위 통속에서처럼 뒤섞인 채 내던져졌다. 그러면 청중은 그중 하나라도 다가가 알아들으면 좋아하였다. 시인에 대한 강연도 있었지만, 그 작품을 읽은 사람은 결코 없거나 읽을 생각도 하지 않았다. 강연에 곁들여 환등기로 몇몇 사진을 보여주기도 했다. 이처럼 그들은 신문의 잡문처럼 완전히 의미가 박탈된 조각난 교양 가치나 파편화된 지식쪼가리의 홍수 속에서 허우적

대고 있었다. 간단히 말해, 그들은 저 잔혹한 말의 가
치절하 바로 직전에 서 있었다.

정신적·문화적 타락상을 지적하는 이런 구절은 20세기
초 당시뿐 아니라 오늘날에도, 특히 무원칙적인 강연과 수
동적인 청중, 무책임한 잡문과 파편화된 지식 정보가 넘쳐
나는 지금의 한국 사회에서도 매우 타당해 보인다. 이 "말의
가치 절하" ─ 문화의 타락 앞에서 어떻게 할 것인가? 정신
적 삶의 불순함과 불안정 앞에서 우리는 무엇을 할 수 있는
가? 그에 대한 처방은 여러 가지로 생각될 수 있을 것이다.
헤세의 대응 방식은, 이것 역시 간단치 않으나, 최대한 줄이
면, 3단계로 말할 수 있지 않을까 싶다. 첫 단계는 전체 목표
이고, 둘째 단계는 이 목표를 위한 개별적 능력이며, 셋째 단
계는 당장의 행동 방식이다.

첫째, 전체 목표는 '지속 가능한 문화의 가능성'이다.

이 목표가 설정되었다면, 우선 필요한 것은 현재의 타락
한 정신과 문화를 '문제적으로' 바라보는 일일 것이다. 세속
적 가치들 ─ 돈이나 명성, 힘이나 칭찬으로부터의 거리 유
지는 이때 요구된다. 이 비판적 거리 속에서 각자는 자신과
그 주변을 사려 깊게 검토해야 한다. 그러나 이런 검토는 저
절로 이뤄지지 않는다. 안락한 삶과 부귀 그리고 칭찬에는

거부하기 힘든 유혹이 있다. 세속적 향락을 이겨내기 위해서는 한 번의 다짐이나 결의가 아니라, 마치 수도승이 행하듯이, 지속적인 반성이 전제되어야 한다. 그래서 정신은 엄격하고 절제하는 가운데 집중할 수 있어야 한다. 이 반성적 집중 속에서 우리는 비로소 비정신적인 것/물질적인 것의 횡포에 의식적으로 저항할 수 있는 것이다. 여기에서 드러나는 것이 두 번째 요소 ─ 교양 능력이다.

둘째, 필요한 것은 '보편적 교양 능력'이다.

교양(Bildung)이란, 흔히 지적되듯이, '만드는' 능력이다. 무엇을 만드는가? 그것은 부단한 배움을 통해 자기의 가치와 인격을 만들고, 삶의 태도와 기준을 세운다는 뜻이다. 여기에 필요한 것이 무엇보다 감성이고 사유의 능력이다. 감성이 최대한도로 섬세하고 풍요로워야 한다면, 사유는 최대한도로 정확하고 엄밀해야 한다. 이 풍성한 감성과 엄밀한 사고가 어떤 높이에서 서로 어우러지고 상호작용하는가에 따라 판단력의 수준도 가늠된다. 바른 행동의 가능성은 이렇게 키워진 판단력에서 나온다.

그런데 이러한 교양 능력은 한 분야에 제한되어선 곤란하다. 그것은 하나의 영역에서 다른 영역으로 옮아가는 것이어야 하고, 자기 영역 이외의 분야에도 열려 있어야 한다. 주인공 크네히트가 음악을 통해 모든 사물과 형상 사이에서 내적 일치를 추구하는 것은 이 같은 보편적인 욕구 때문이다. 참된 교양 능력은 다양한 현상계의 상호 모순된 모습을 하나로 수렴시키고자 하는 데 있다. 그런 점에서 그것은 보편적 형성력이기도 하다. 그리하여 자기 분야에만 틀어박힌 채 자족하는 것이 아니라 그 좁은 울타리를 부수고 더 넓고 깊은 영역들을 향해 나아가려고 애쓸 때, 나아가면서 이 영역들 사이의 통일성을 모색할 때, 우리는 참으로 교양 있는 인간이 되는 것이다.

그러나 여기서 언급된 보편적 교양 능력이 너무 포괄적으로 비칠 수도 있다. 그래서 그것은 좋게 들리지만, 바로 그 때문에 공허하게 여겨질 수도 있다. 더 줄여 말할 수는 없을까? 그것은 아마 '자발적 봉사'라고 할 수 있을 것이다.

셋째, 자발적 봉사의 길이다.

헤세가 『유리알 유희』 전편을 통하여, 적어도 암묵적으로, 가장 강조하는 것은 '봉사하는(Dienen)' 마음이 아닌가 싶다. 봉사한다는 것은 '따른다'는 것이다. 그 때문에 그것은 주인의 지배보다는 노예의 복종에 가까워 보인다. 실제로 주인공의 이름인 크네히트는 '노예'라는 뜻이기도 하다. 그러나 지배에도 좋은 뜻이 있듯이, 봉사에도 반드시 나쁜 뜻만 있는 것은 아니다. 봉사는 '복종'이란 뜻도 가지지만, 거기에는 '헌신'의 의미도 있다. 헤세가 강조하는 것은 복종보다는 봉사에 가깝고, 이 봉사보다는 헌신에 더 가깝게 보인다. 그것은, 우리의 전통에서 보자면, '섬김'과 흡사해 보인다.(나아가 이것은 동양철학의 핵심사상인 '경敬'에 유사하고, '어짊(仁)'이나 '신중하게 사고하는 일(愼思)'과도 이어진다고 볼 수 있다.)

이와 관련하여 재미있는 삽화 하나가 있다.

카스탈리엔 밖의 세상 사람들은, 어린 시절 크네히트가 다니던 학교의 교장은 이렇게 말하는데, 학교를 나오면 '자유로운 직업'을 얻게 된다고 말하지만, 그러나 사실은 그렇지 않다. 대학의 선택은 학생 자신이 아니라 가족이 하고, 그런 선택 후 학생들은 학교를 다닌다고 해도 여러 시험에 합격하여 각종 자격증을 획득해야 한다. 그리고 이런 사회적 인정 후에도 그들은 자유로이 직업에 종사하기보다는 "저급한 힘들의 노예"가 되기 쉽다. 저급한 힘이란 세속적 '성공'이나 '돈', '야심'이나 '명예욕'이다. 그래서 그들은 스스로 판단하고 행동하기보다는 남의 눈치를 보면서 크고 작은 무리와 여론의 끊이지 않는 싸움에 끼어들어야 한다. 성공이나 부귀는 그런 대가에 불과하다.

그와 달리 카스탈리엔에서는 어떤 직업도 '선택'하지 않는다. 그러나 그럼에도 자유롭다. 여기 학생의 교육은 강제적으로 이뤄지지 않기 때문이다. 그는 세속적 가치가 아니라 스스로 설정한 가치에 복무하고, 이 복무가 헌신이 되도록 애쓴다. 그리하여 이 자발적 봉사는 자유의 실천으로 나아간다. 헤세가 거듭 강조하는 것은 '봉사 속에서 자유로운(im Dienen frei sein)' 삶이다. 한 늙은 명인名人은 이렇게 말한다.

> (…) 그들(카스탈리엔의 학생들 ― 필자 주)의 관습적 행동이 타락하지 않는 한, 아무도 그들을 방해하지 않네. 교사에 적절한 사람은 교사가 되고, 교육자에 적절한 사람은 교육자가 되며, 번역자가 되기에 적절한 사람은 번역자가 되네. 누구나 자신이 봉사할 수 있고 이 봉사에서 자유로울 수 있는 자리를, 마치 저절로 그렇게 되듯이, 찾게 된다네. 그리하여 그는 저 끔찍한 노예를 의미하는 직업의 '자유'로부터 평생 해방된다네. 그는 돈이나 명성 그리고 지위를 찾아 애쓸 필요가 없고, 어떤 당파도 모르며, 개인이나 관직, 사적인 것과 공적인 것 사이의 그 어떤 분열도 몰라도 되며, 성공에 연연할 필요도 없다네.

봉사가 종속이 아니라 자유의 길일 수 있다니. 그것은 놀라운 일이지 않을 수 없다. 그러나 이렇게 되기 위해서는 오랜 반성과 고민, 엄격한 절제와 기율이 필요하다. 봉사는 드물지만, 있다고 해도 그것은 대부분 자기만족이나 타성 속

Hermann Hesse 〈Interieur mit Büchern〉 1921

에서 이뤄지는 까닭이다. 얼마나 많은 봉사가, 심지어 이 봉사라는 고귀한 일에서마저도, 순수한 동기에서보다는 눈치 속에서 마지못해, 혹은 자기과시를 위해 행해지는가? 꾸준히 봉사하는 이들 가운데서도 이런 기율, 이런 반성적 의식을 가진 경우는 얼마나 될까?

그러므로 참된 봉사의 길은 자유와 기율, 여유와 엄격성 사이를 오간다. 이렇게 오가면서 그것은 자신을 다독이고 더 나은 상태로 쉼 없이 만들어가면서 더 높은 진실로 나아간다. 음악이 위대한 이유도 그것이 대립하는 두 주제나 이념을 하나로 조화시키기 때문이다. 위대한 예술은 겉으로 보기에 모순적인 항목들 사이의 내적 일치를 추구한다. 그러면서 그것은 감각에서 시작하여 감각의 이데아로 넘어간다. 그러니까 예술에는 감각과 이데아, 감성과 이성 사이의 혼용과 그 지양이 있다. 예술은 이 지양 속의 초월적 움직임이다. 더 나은 삶의 상태 — 평화가 보장되고 정신이 희구되는 삶으로 옮아가는 것은 이런 움직임 속에서다. 바로 이것을 돌보는 것이 카스탈리엔 주州의 일이고, 이 일에 공동책임을 가지는 것이 학문과 예술과 문화의 역사적 과제다.

어렵고 아득한 길

그러나 지금까지의 논의는 지루하고 도식적으로 여겨지

기도 한다. 예를 들어 대립적인 것의 일치 속에서 신적인 차원으로 나아간다고 할 때, 이 대립적인 것과 신적인 차원 사이의 간격은 아득해 보인다. 이것은 성공하기보다 실패하기 쉬운 길이다. 이것은 주인공의 삶에서 이미 암시된다. 크네히트는 카스탈리엔을 떠나 결국 세속의 세계로 들어가지만, 이곳에서 행복하게 사는 것이 아니라 호숫가에서 아이를 구하려다가 갑작스런 죽음을 맞는다. 이 점에서 『유리알 유희』의 전체 기조 — 정신적 문화의 토대를 마련하려는 작가의 생각에는 깊은 회의와 체념이 깔려있다고 해야 할 것이다.

헤세는 삶의 근본적 비극성을 인식하고 있었던 것으로 보인다. 그의 문학 도처에 고독하고 명상적이며 내성적인 우수憂愁가 깔려 있는 것도 아마도 그런 이유에서일 것이다. 헤세는 궁극적으로 비가적悲歌的 시인(elegist)인 것이다. 그러나 마음 깊이 슬픔을 담지 않고 이 세상을 노래할 수 있는가? 우리는 체념 없이 인간다운 삶을 살 수 있는가? 아마 그러기는 어려울 것이다. 그렇다면 더 작고 더 소박한, 그리하여 내 스스로 감당할 수 있는 삶의 방식은 없는 것일까? 말하자면 매일매일의 생활에 충실하면서도 이 자기충실이 자기 이외의 타인을 외면하지 않는, 그리하여 사회나 세상에 대해서도 열려있는 그런 삶은 과연 있는가?

"조용하게 즐기는 소년"

  헤세의 『유리알 유희』를 다시 읽으면서 결국 남는 것은 아주 소박한 것이었다. 그의 후기 사상이 집대성되었다는 이 대작에서 나의 마음에 가장 오래도록 남는 것은 어떤 이념적·사상적 편린이 아니라 크네히트의 생활 방식을 묘사한 다음 두 구절이었다.

  그의 동급생 중의 한 사람의 말에 의하면 (…) 크네히트는 대체로 조용하게 즐기는 소년이었고, 음악을 할 때면 때때로 놀랄 정도로 몰입하거나 복된 표정을 지었으며, 격렬하고 열정적일 때는 매우 드물었는데, 그것은 특히 그가 아주 좋아했던 율동적인 구기 종목을 할 때였다고 했다. (…)
  그 당시 그의 삶의 흔적을 찾아보면, 그는 가능한 한 눈에 띄지 않으려고 했다는 인상을 받게 된다. 그 어떤 주변이나 교제도 해롭게 보여서, 가능한 한 사적인 실존 형식을 가지려 한 것 같았다.

  여기에서 핵심은 두 구절 — 크네히트가 "대체로 조용하게 즐기는 소년(ein stillfr hlicher Knabe)"이었고, 그래서 "가능한 한 눈에 띄지 않으려고 했다(am liebsten hatte er sich unsichtbar gemacht)"는 사실이다. 크네히트는 정신의 가치를 추구하지만, 그렇다고 현실을 무시하지도 않는다. 그는 자기가 사는 카스탈리엔이 이 현실에 둘러싸여 있음을 분명하게 알기 때문이다.

크네히트는 지배나 명령을 좋아하지 않는다. 그는 훈계하고 질책하기보다는 경청하고 이해한다. 경청하고 이해한다고 하여 그가 모든 일에 순응한 것은 아니다. 절대적 가르침은 없지만, 그럼에도 그는 부단히 배우고자 한다. 그는 활동적인 삶보다는 명상적인 삶을 갈구했지만, 이 명상을 통해 세속적 야망을 넘어가는 형상의 세계를 희구한다. 그가 세계의 완성보다 자기의 완성을 바랐다면, 그것은 세계의 완성이 불필요하다거나 의미 없어서가 아니라 세계의 완성 또한 개체의 완성을 통해, 더 정확히 표현하여, 개인적 성숙을 향한 구체적 시도 속에서 가능하리라고 믿었기 때문이다. 이 점에서 인간의 모든 시도는 목적 자체가 아닌 이 목적을 향한 머나먼 길에서의 한 시도일 뿐이다. 그러나 이런 시도에도 싸움은 필요하다. "악마와 마귀를 모르면, 그들과의 끊임없는 싸움이 없다면, 고귀하고 드높은 삶은 없다"고 헤세는 적었다.

그러나 헤세가 선택한 싸움은, 되풀이하여 강조하건대, 투쟁이 아니라 봉사에 있다. 그의 수업은 야망이 아니라 헌신에 있다. 이 봉사와 헌신 속에서 크네히트는 어두운 세계에서도 큰 두려움 없이, 체념과 우울을 딛고서, 그리하여 가능한 한 '명랑하게' 걸어갈 수 있다고 믿었다. 나는 다시 능소화 줄기와 뿌리를 떠올린다.

능소화 ― 식물적 사랑

쓰던 글을 멈추고 나의 눈길을 노트북에서 창가 쪽으로 잠시 돌린다. 붉은 벽면에 붙은 능소화 잎들과 줄기들이 한 눈에 들어온다. 어디서 바람이 불어오는지 그 푸르고 풍성한 잎들이 순간 흔들린다. 이 잎들 저 아래에는 정원이 펼쳐져 있고, 이 정원 여기저기에는 장미꽃이 서너 송이 피어 있으며, 모과나무에 소나무도 듬성듬성 서 있다. 참새 몇 마리가 떼를 지어 휙 지나간다.

사물들은, 꽃이든 풀이든 나무든, 저 나름의 방식으로 생명을 한껏 구가한다. 능소화는 이렇게 구가되는 사물들의 살아감을 그 줄기와 뿌리로 가만히 돕는다. 그것은 흡착근에 기대어 시멘트나 벽돌 혹은 돌의 표면을 삶의 영역으로, 비생명적인 것을 생명적인 것으로 전환시킨다.

아마도 이 생명의 전환 ― 비생명적인 것의 생명적인 것으로의 전환에 능소화의 모든 에너지가 투여될 것이다. 그 것은 무엇보다 자신이 죽지 않기 위해서, 그리하여 기나긴 생명의 진화 과정에서 살아남기 위해 시도되는 것이지만,

그러나 이렇게 시도되는 자기 삶의 투여에는, 역설적이게도, '다른 삶도 살게 하는' 생명적 계기가 들어있다. 식물이기에 비록 무의식적이고 의식이전적이긴 하나, 생명적인 것 일반을 장려하는 어떤 발생학적 계기가 들어 있는 것이다. 그것은 사랑의 계기일 수 있을까? 시인 김수영金洙暎은 '온몸에 의한 온몸의 이행'을 '사랑'이라 불렀고, 그것은 곧 '시의 형식'이라고 여겼다.

자기 뿌리가 닿는 모든 것을 살게 만드는 능소화의 생존 방식이 사랑이 아니라면, 그것은 무엇이라고 불리어야 하는가? 스스로 살면서 그 뿌리가 가닿는 모든 물질적인 것을 살도록 변모시킨다는 점에서, 그것은 생성적이며 시적이기도 하다. 이렇게 변화되는 것, 변화하여 조금씩 나아가는 것, 이렇게 나아져서 기존의 단계를 딛고 넘어서는 일만큼 '지금 살아 있음'의 놀라운 사실을 생생하게 증거하는 일이 또 있는가?

각자의 삶은 나날이 한 걸음 한 걸음씩 나아가는 시도여야 한다. 능소화 흡착근은 이러한 전환, 이러한 시작을 위한 쇄신적 계기를 아무 말없이, 아무런 자랑이나 과시도 없이 실행한다. 소설 읽기나 자연 관찰은 크게 다르지 않다. 작가의 고민이나 자연의 비유는 서로 통한다. 능소화 흡착근은 봉사 속에서 자유로운 헤세의 길을 말 없는 사랑이라는 식물적인 방식으로 구현하는 듯하다.

(2015)

미술에 대한 한 편의 글

정거장에서의 중얼거림

모네의 〈생 라자르 역〉

정거장에서의 중얼거림

모네의 〈생 라자르 역〉

모든 사라지는 것들은 하나의 비유일 뿐이다 _ 괴테

클로드 모네Claude Monet의 그림 중에는 그가 1877년에 그
린 〈생 라자르 역〉이라는 작품이 있다. 언제였던가, 이 그
림을 처음 보았을 때는. 목요일마다 서는 프랑크푸르트 대
학 도서관 앞의 노점 거리에서였던가. 한결같이 사람 붐비
던 라이프치히 거리의 한 아케이드, 그 모퉁이에 있는 그림
과 액자 파는 가게에서였던가, 아니면 보켄하이머 바르테
Bockenheimer Warte에 비정기적으로 서던 장날 때였던가. 알 수
없다. 그 그림 속의 가뭇없이 사라져가는 듯한 사물들처럼,
이 그림을 언제 어디서 처음 보았던가에 대한 내 기억 역시
이젠 더 이상 선연하지 않다.

오직 남은 것은 그 그림을 보았다는 한때의 사실, 그리고
그 사실 안에 녹아 있는 한때의 행복했던 충격뿐. 시간은 드
물게 즐거웠던 지난 시절의 구체적 세목을 사상捨象한 채 그

껍질만을 남겨놓는다. 시간 스스로 친절했던 적은 한 번도 없다. 시간의 광포함 뒤에 남는 것은 오로지 형해와도 같이 조각난 느낌과 어슴푸레한 기억 기억들. 즐거웠던 날들의 아귀 맞지 않는 파편만을 보듬은 채 우리는 지금 여기를 견디어간다.

모네의 이 그림을 처음 보았을 때 주체할 길 없이 연이어 떠오르는 단상의 목록들은 무엇이었던가? 가볍고 투명한 빛과 색채의 환희, 그 속에서 떠다니는 듯 묘사된 사물들과 그 사물들을 닮아 있는 사람들과 이제 막 어디론가 떠나려 하는 기차와 대기의 움직임과… 그리고 또 있다. 정거장과 이 정거장에서의 말하여진 말하여지지 않은 숱하게 놓쳐버린 사연, 사연들…. 모네의 이 그림을 이해하는 데에는 그의 삶을 이루는 전기적·예술적 사실도 그다지 중요하게 보이지 않는다. 이를테면 그가 1840년에 태어나 1926년까지 살았다는 것, 인상주의를 유럽의 예술사조로 만드는 대표자의 역할을 했다는 것 등의 범박한 사실에서부터, 그에 이르러 빛은 회화의 주된 모티브로 발견되었다는 것, 객관적 아름다움보다는 순간적으로 사라지는 사물의 포착을 중시하였다는 것, 그리하여 아틀리에 회화를 혐오하고 야외에서의 스케치를 즐겼다는 보다 비중 있는 사실에 이르기까지 그것들은 이미 그의 이 그림 속에 다 녹아 있는 듯 보인다.

〈생 라자르 역〉에서의 빛은 그림 위의 모든 요소들을 관통하며 지나간다. 그것은 사물에 비스듬히 굴절되는 것이 아니라 그것을 꿰뚫고 지나감으로써 그 윤곽을 지우며 또다시 드러나게 한다. 마치 빛 자체가 고유한 색채를 가지고 있기라도 한 것처럼 그것은 자기 손길이 닿는 모든 것에 그 나름의 형태와 독특한 모습을 부여하면서 사물을 변색시킨다. 빛은 모든 것을 살아 꿈틀거리게 한다. 태양의 빛으로 하여 세계의 모든 사물은 그 윤곽을 드러낸다. 기관차와 그것이 내뿜는 수증기는 대기의 빛과 어울려 서로 녹으면서 역의 지붕이 마치 하늘인 듯, 그리하여 수증기 속에 하늘이 오히려 감싸인 듯 사물들은 빛 속에서 스스로의 현상방식을 바꾸어간다. 하나의 사물을 이루는 한 점 한 점의 빛깔은 다른 하나의 사물에서도 나타나고, 다른 사물의 빛깔은 그 아닌 사물에게로 또다시 퍼져나간다. 빛은 스스로 빛나면서 사물들을 빛 속에서 서로 이어준다.

빛의 움직임처럼 〈생 라자르 역〉 안의 색채 역시 쉬지 않고 움직인다. 그것은 그 자체로 고정되어 있는 것이 아니라 마치 빛의 마술에 걸린 듯 부유하는 공기처럼 떠다니며 겹쳐지고 또한 나누어진다. 뜨거운 증기를 내뿜는 기관차가 이제 막 도착하는 것인지 아니면 어디론가 떠나려 하는지 알 수 없듯이, 혹은 그 옆에 서성이는 사람들이 이제 막 내린 사람들인지 아니면 기차에 오르기 위해 움직이고 있는지 알수 없듯이, 이 그림 위의 모든 것은 정지하여 서 있는 것이 아니라 어디론가 향해서 발걸음을 움직이고 있다. 기차와 사람뿐만이 아니라 역의 플랫폼과 지붕 그리고 저 밖으로 보이는 거리의 건물들마저 쉼 없이 유동하는 색채의 다양함 속에 언제라도 사라질 듯 희부윰한 부유 속에 자신의 존재를 얼핏 보여주고 있다.

사물의 그리고 세계의 이러한 움직임은 과학적으로도 설명될 수 있을 것이다. 모든 물질이 원자들로 이루어져 있다면, 이들의 생명활동은 원자들의 움직임에 다름 아니다. 그러나 원자들의 움직임을 인간의 시신경은 보질 못하고 그의 청각기관은 듣지 못한다. 그렇다고 해서 그것이 없는 것은 아니다. 원자는 너무도 작아서 광학현미경으로도 쉽게 보이지 않는다. 사과 한 개를 지구만 한 크기로 확대시켰을 때, 사과의 원자는 원래의 사과 크기 정도 된다고 하였던가. 그정도로 극미極微하다. 그럼에도 그것은 매 순간 다른 위치에서 또 다른 운동량을 가지고 끊임없이 움직인다. 이런 유동성 때문에 그것이 입자인지 아니면 파동인지 구분하기 어렵다. 빛을 구성하는 입자인 광자(photon)는 매초당 30만 킬로미터의 속도로 달린다고 한다. 하이젠베르크의 '불확정성의

Claude Monet 〈La Gare Saint - Lazare〉 Muse d'Orsay

원리'는 간단히 말하여 이런 파동과 입자의 이중성을 규명한 것이었다.

사물은 정해진 위치와 일사불란한 배열 관계 속에 있지 않다. 그것은 움직임으로, 더하게는 이 움직임 속의 가능성으로 존재한다. 세계는 이런 움직임의 유동적 집합체이다. 그러므로 움직임은, 사물과 사물의 상호작용은 자연계 안에서, 그것이 가시적 차원에서건 비가시적 극미의 차원에서건 하나의 항구적 패턴을 이루고 있다. 그래서 자연의 법칙은 오로지 근사치로만 또는 상대적으로 높은 확률의 형태로만 서술될 수 있다. 그렇다는 것은 거꾸로 말하여 이런 법칙의 대대적인 변화가 사실은 가장 작고 미묘한 차이들로부터 발생한다는 것을 보여준다. 이 작은 차이를 일반화하기 위해서는 고도의 상상력과 추리력이 발휘되어야 한다. 그러면서 이때의 상상력은 다시 현실에 의해 검토되지 않으면 안 된다.

영구적인 정물靜物의 세계는 어디에도 없다. 생명을 지니든 지니지 않든, 모네의 사물들은 쉼 없이 활동하는 빛의 작용으로 하여 함께 어울리고 일렁거리며 춤추는 듯하다. 마치 머지않아 사라질 자기 존재가 견디기 어려운 듯, 사물은 자신의 고단한 어깨를 끊임없이 들썩이며 아우성치고 있다.

춤추고 있다. 침묵의 지층을 뚫고 나오려는 듯, 사물은 소리 지르며 이쪽에서 저쪽으로, 저편에서 이편으로 요동치는 것이다. 사물의 춤에는 탄식이 녹아 있다. 색채의 몸짓에는 소멸하는 생명의 비애가 담겨 있다. 빛은 사물의 억눌린 침묵과 아우성을 세계의 이편으로 낮의 광장으로 드러낸다. 모든 사물에 미치는 빛의 기적이여. 모든 사물을 약동시키는 빛의 마법이여. 빛이 사물에 닿자, 사물은 살아 작열하면서 제 모습을 시시각각 변형시켜간다. 빛 하나의 존재와 빛 하나의 소멸에서 사물은 존재의 영묘한 질서를 일구어낸다. 빛으로 하여 네가 살아 있고 빛으로 하여 네가 꺼져가는구나. 빛은 존재하는 모든 사물에 새 생명을 부여하는 최고의 율법처럼 보인다. 끝없이 부서지는 빛의 색채 속에는 끝없이 소멸해가는 삶의 순간들이 혼융되어 있다. 그러니까 빛과 색채에 대한 화가의 전념은 곧 허약하여 부서지기 쉬운 삶 자체에의 전념으로 나타난다.

사물을 관통하는 빛은 이 사물에 온갖 색채와 형식을 부여한다. 빛 자체의 운동이 무한한 효과 속에서 사물의 형태와 색채를 규정한다. 윤곽은 이런 형태와 색채로부터 그려진다. 사물은 동질적 빛의 전개 속에서 각기 다양하게 울리며 자신의 고유성을 입증해간다. 태양은 그 어떤 차별도 모른다. 그것은 공간의 무대를 치우침 없이 비추고, 사물은 이렇게 비쳐진 무대 위에서 스스로의 고유한 빛을 싱그럽게 펼쳐 보인다. 이루 말할 수 없는 색채들이 쉼 없이 가물거리며 시시각각 지워져가는 이 분위기는 무엇을 암시하는가? 그것은 근대적 삶을 특징지우는 대도시 생활의 조급함인가? 아니면 현란한 삶의 다채로움과 그 허무한 종결인가? 모두 가능할 것이다. 그러나 이 모두를 통일적으로 설명할 수 있는 술어는 무엇일 수 있을까? 나는 그것을 '현존적 운명에의 투시'라고 부르고자 한다. 보일 듯 보이지 않는 낱낱의 사물들 — 투명과 반투명 사이에서 움직이며 나타났다가 숨고 또다시 나타나는 사물의 짧은 자취와 그 긴 궤적들. 이것은 그 자체로 지금 여기에 머물다 사라지는 모든 현존하는 것들을 닮아 있다.

자연이 인간 체험을 비춰주는 가장 큰 거울이라 한다면, 자연을 묘사한 예술작품은 거울 속의 거울이다. 그림 안의 자연풍경은 거울의 거울이다. 자연의 공간에서는 사람의 체험이 일어나고, 사물의 모습이 담겨 있다. 이에 반해 예술은 자연을 형상화하면서 그 자체가 아니라 매개적으로 드러낸다. 자연의 풍경 자체가 아니라 이 풍경으로 알려진 속성들이 언어를 통해, 소리와 색채를 통해, 진흙과 석고 또는 철과 구리를 통해 표현되는 것이다. 그리하여 우리는 이렇게 말할 수 있다. 읽어내야 할 삶의 궁극적 비유가 자연이라 한다

　　　　　제2부　음악과 문학과 미술에 부쳐

면, 예술작품은 우리가 해명해야 할 비유의 비유이다. 자연이 사물 그 자체만을 드러내는 거울이라면, 예술은 사물과 그 배후 — 거울과 거울의 배후까지도 암시한다. 예술의 자연은 그러므로 자연보다 더욱 자연적일 수 있다. 그러나 이런 예술의 자부심도 그것이 현실의 토대를 벗어나지 않을 때에만 비로소 정당할 수 있다. 예술의 자연성도 넓은 의미의 물리적 자연의 일부일 뿐이다. 그러나 그렇다 해도 예술은 짧고 고단하며 거친 삶의 성찰적 묵시록으로 자리한다.

자연이든 예술이든, 존재하는 사물 속에는 삶을 꿰뚫는 운명의 질긴 비유가 묻어있다. 그러나 이 비유는 예술작품 속에서 적극적으로 나타난다. 왜냐하면 예술은 표현을 통해 사물을 비출 뿐만 아니라 이렇게 비춰진 것을 암시하고 해명하고자 하기 때문이다. 그러므로 우리는 예술 속에서 드러나거나 드러나지 않는, 현현顯現하면서도 때로는 은폐되어 있는 어떤 속성을 발견한다. 작품을 읽고 보며 우리는 삶의 운명과 세계의 형식을 해독해낼 수 있어야 한다. 모네의 색채는 이런 양지와 음지를, 사물의 빛과 그림자를, 세계의 윤곽을 가만히 알려준다. 색채의 해명 속에서 그는 밝고 어두운 삶의 방을, 그 전적인 부유성浮遊性과 이 부유성의 덧없음을 비추어준다. 색채의 공간 안에서 인간은 얼마나 투명하며 또한 불투명한가. 그것은 점점이 떠다니고 흩어지면서 항구적 소멸을 향해 내달리고 있다. 투명한 질서는 색채적 욕구일 뿐 어쩌면 불투명의 덩어리야말로 실존의 원형질인지도 모른다.

빛과 대기의 흐름을 연구한 이는 물리학자나 기상학자만이 아니었다. 화가 역시 그 흐름을 집요하게 관찰하고 추적한 사람이었다. 아니, 화가는 이 부단한 흐름 속에서 사라지고 마는 것들의 현존적 무게를 발견하고 또 이를 색채로 드러내었다는 점에서 그들과 다른 것처럼 보인다. 대개의 인상주의자들처럼, 모네 역시 감각적 인상을 가장 작은 단위로 분해시켰고, 이렇게 분해된 요소들을 다시 통합하면서 현실의 역동적인 연속성을 표현하고자 했다. 이 연속성 속에서 드러나는 것은 드러나지 않는 것을 배후로 한다. 그러므로 보이는 것은 대개 반쪽의 진실에 지나지 않는다. 삶의 모호성은 밝혀지는 것이면서 스스로 감추기 때문이다. 모네는 빛에 의한 사물의 굴절에서 패잔해가는 인간의 운명이 숨쉬고 있음을 보았던 것이다. 소멸하는 사물을 끝없이 부서지는 색채로 포착함으로써 그는 인간 실존의 원형들 — 있었던 것에서 없었던 것에로 돌아가고 언젠가 다시 어떤 있음으로 전환되어갈 존재의 생성적 순환과정을 표현한 것이다.

모든 존재하는 것은, 그것이 인간이든 사물이든, 삶이든 세계이든, 따로 또 같이 서로 어울리며 스스로를 영위해간다. 한 개인이 다른 한 개인의 삶에서 자신과의 겹침과 어긋남을 발견하듯, 사물은 끊어지듯 이어지고 이어지면서 다시 끊어진다. 존재와 부재, 개인적인 것과 사회적인 것은 역동적 공존 속에 혼융한다. 이 모순된 철리哲理에 우리는 표현을 통해 다가간다. 화폭 위의 창조된 진실을 읽음으로써 우리는 사물의 생리 — 사라짐과 생겨남 그리고 다시 사라짐으로 이어지는 세계의 근본적 존재방식에 근접하는 것이다. 회화의 언어는 '그려진 진리'를 통해 '있는 진리'로 우리를 인도한다. 빛의 점묘화 그림은 그 자체로 보여진 진실이다. 창출된 예술의 세계가 현실의 세계를 처음으로 개시開示하는 것이다. 그러므로 화가의 색채는 단순히 대상 모사적이 아니라 대상 창출적이다. 여기에서 우리는 사물에 묻어나는 자연적 효과를 그 자체의 순도 속에서 지각하고자한 한 화가, 모네의 시선과 만나게 된다.

무엇이 모네로 하여금 사물의 충일성, 보이는 것 그 자체의 본래적 밀도에 다가가도록 만들었을까. 관찰할 수 있는 최대한의 사실에 다가가기 위해 그는 거리에서 화실에서 스케치와 마지막 손질을 하면서 얼마나 가혹한 표현적 요구

Claude Monet 〈Arrival of the Normandy Train, Gare Saint - Lazare〉
The Art Institute of Chicago

로 스스로를 괴롭혔을 것인가? 얼마나 혹독하게 시간의 풍화작용과 싸웠을 것인가. 모든 떠오르는 것들의 스러져감이여. 소멸의 계기는 사물에 덧붙여지는 것이 아니라 그 사물 속에 이미 내장된 것이라고 말하여야 한다. 모든 것을 굴절시키는 태양 역시 낮이 지나면 세상의 지평 너머로 숨듯, 아니 그런 숨김 속에 스스로의 크기 또한 변모시켜가듯, 빛에 드러나는 사물 역시 빛의 굴절을 겪기 전에 어느 한켠에서 이미 지워지고 있다. 필멸必滅의 운명을 벗어날 수 있는 것은 이 세상 어디에도 없다. 화가의 표현은, 그것이 빛의 파장과 그 영향을 놓치지 않는 한, 사물과 세계의 본성에 다가가 있는 것처럼 보인다.

살아 꿈틀대는 사물과 만나기 위해 화가는, 그의 감각의 촉수는 얼마나 엄격하고 예민했을 것인가. 순간순간 소멸하는 사물의 직접성을 화폭 위로 담기 위해 그는 얼마나 긴긴 날들을 색의 언어와 씨름했을 것인가. 예술의 위로는 창출의 산고産苦에 비하면 아무것도 아닌지도 모른다. 창조의 기쁨을 과장하는 버릇이 우리에겐 있지 않은가. 사물의 다양성을 감지하는 지각의 다양성. 열린 감각이 비로소 사물을 그 전체성 속에서 해방시킨다. 넘쳐흐르는 색채의 정감에는 지각하는 시선의 표현적 지향이 스며있다. 빛 속에 사물을 보면서, 보이는 색으로 사물을 표현하면서, 화가는 대상을 여기 이 자리에 마침내 '있게' 한다.

화가는 그 근본에 있어 눈의 인간이다. 그는 색으로 사유하고 표현하는 자이다. 모네 그림의 표면을 채우는 무수한 붓놀림, 그 한 획 한 획에서 나는 화가의 생각하는 눈빛을 느낀다. 모네는 여든 생애로 그의 삶을 마친 것이 결코 아니었다. 그는 지금 여기, 그 그림을 바라보는 나의 눈빛 속에, 우리의 시선 속에 다시 태어난다. 한 획 한 획의 필치 속에는 한 생애의 자취처럼 그의 뜨거웠던 눈길이 어려있다.

언제라도 사라져버릴 듯한 색채언어 위에서 사물은 그러나 사라지지 않는다. 그것은 상실되고 소멸되는 것이 아니라 오히려 지속하고 유지된다. 빛과 색의 어울림 속에서 사물은 그리고 세계는 다시 창조되어지는 것이다. 지속하는 것의 소멸적 계기와 스러져가는 것들의 재귀적 계기를 예술은 드러내어 밝혀준다. 이 비밀스런 작용을 무엇이라고 불러야 하는가? 소멸하는 것들의 목덜미를 낚아채 그것을 형상의 선명한 제단 위로 머무르게 하는 이 놀라운 복원과정을 무엇이라고 말해야 하는가? 존재하는 것의 부재를, 부재하는 것의 다가올 존재를 현시하는 예술적 형상 행위를, 그 추동하는 에너지를 우리는 무엇이라고 불러야 하는가? 그것은 표현에의 의지, 드러내어 파악하고자 하는 형상적 욕구에 다름 아니다. **표현함으로써 예술가는 계속 변모되고자**

한다. 그림으로써 씀으로써 지음으로써 그는 자신을 교정하고 자신이 속한 공동체의 의미 있는 교정체가 되고자 한다.

예술은 개인적·사회적 항체이다. 그 형상적 욕구는 기존 삶의 항체적 계기로 자리한다. 태양의 윤곽을 알기 위해 우리는 눈멀 각오가 되어 있어야 한다. 그런 눈멈, 그러나 눈멀지 않을 수도 있는 대담성을 통해 예술가는 어떤 다른 길 ― 좀더 밝고 맑은 인간성의 길을 발견하고자 한다. 그러나 그것은, 다시 말하거니와, 맹목과 불투명을 감당하지 않으면 안 된다. 그것은 어리석고 초라한, 가난하고 가엾은 삶이 될 수도 있다. 그러나 투명한 세계는, 이 세계의 윤곽은 이런 추락의 가능성을 관통하고서야 비로소 그려질 수 있다. 그것은 역설적 천형天刑이고 천형의 역설이다. 예술은 이 무모한 역설을 즐겨 감내하고자 한다. 모네는 이 역설을 흔쾌히 받아들였다. 표현의 역설은 갱신의 에너지. 사라짐과 머무름의 이런 의미는 그가 회화적 공간으로 역을 택했다는 점에서도 선명하게 부각된다.

모든 사라지는 것들에는 그 흔적이 있다. 그러나 이 흔적마저 사실은 보다 큰 소멸의 일부를 이룬다. 이것을 가장 상징적으로 보여주는 공간이 역驛일 것이다. 왜냐하면 역은, 마치 정거장이 그러하듯, 삶의 어떤 계기가 시작되거나 끝나는 지점이 아니라 이런 시작과 종결, 그 사이에 위치하기 때문이다. 여기에서는 그 어떤 것도 머무르지 않는다. 영원성 또는 지속성이란 말을 역은 결코 알지 못한다. 역에서 영원한 것이 있다면 그것은 영원한 것은 아무것도 없다는 사실뿐이다. 아마도 이런 이유에서 모네는 〈생 라자르 역〉을 선택했을 것이다. 소멸의 순간적 계기와 인상주의적 모티브는 역의 물리적 속성과 연결될 때, 그 수용미학적 효과가 정점에 이른다.

그리하여 역에서는 떠나가는 것들에 대한 안타까움과 머지않아 다가올 것들에 대한 설렘이 구분할 수 없이 교차한다. 그러나 소멸의 계기를 우리는 물리적 역에서만 찾을 이유는 없다. 작별은 이 세상의 역에서 일어나기 이전에 마음의 역에서도 이미 일어나지 않는가. 마음은 하나의 그리움이 떠나가고 또다른 그리움이 도착하는 가운데 늘 새로이 자라나지 않는가. 그래서 작가 알프레드 되블린A. Döblin은 이렇게 말하였을 것이다. "내 마음속에는 수많은 기차가 출발하고 도착하는 역이 있다." 우리는 제각각의 마음속에 자기만의 역을 지닌다. 이 역의 플랫폼에 서서 우리는 하루에도 열두 번 자신의 사연을 띄워 보내고, 또 다른 사연을 기대 속에 껴안는다.

〈생 라자르 역〉을 이루는 한 점 한 점의 색깔은 모자이크처럼 어울리면서 공간 속의 사물뿐만 아니라 공간 자체의 현상형식을 드러낸다. 이 공간은 개별적 사물들과 대조적 대비를 이루기보다는 융합적 화해를 이룬다. 그러면서 그것은 어떤 사라지는 순간 속에 녹아들고 있다. 그러니까 소멸적 계기는 모네에게 현실에 환각적 효과를 주기보다는 현존하는 사물과 그 공간 자체의 구성적 요소로 나타난다. 그러므로 상실과 소멸은 자연에 덧씌워진 배경음이 아니라 그 주조음인 것이다. 단지 그것은 인간 지각의 부분적일 수밖에 없는 원근법에 의해 끊임없이 가려질 뿐이다. 삶의 온갖 이야기는 역 또는 정거장에서의 중얼거림일지도 모른다. ('역驛'과 정거장은 탈 것이 도착하고 출발하는 장소라는 점에서 동일한 의미를 지니지만, 앞의 것은 '서울역'이나 '정동진역'에서처럼 구체적 지리적 장소와 결부된 반면, 뒤의 것은 특정지명으로부터 그보다는 자유로운, 보다 일반적인 장소이다. 따라서 역은 넓은 의미의 정거장의 한 형식이라고 말할 수 있다.)

기차가 역을 출발할 때, 떠나가는 것은 기차만이 아니다. 그 기차 속의 너도, 그 기차를 바라보는 내 마음도 모두 떠나간다. 이 마음을 담은 몸도, 이 몸이 굽이굽이에서 겪은 추억도 그 역을 떠나가는 것이다. 우리는 무수히 떠나고 도착하며, 타오르는 가운데 가라앉고, 가라앉으며 또다시 생겨난다.

수많은 삶의 장면과 장면들, 이 장면들이 사라지고 나면 나는 그 흔적처럼 이 자리에 희미하게, 홀로, 남는다. 인간은 수없는 추억의 정거장을 거쳐 가지만 이별의 말 몇 마디 중얼거릴 뿐. 이별의 표백된 말 한두 마디 중얼거리며 죽어갈 뿐. 그래서 우리의 한 시인은, 젊어서 죽은 그 시인은, 길 위에서 이렇게 적었을까.

그는 어디로 갔을까
너희 흘러가버린 기쁨이여
한때 내 육체를 사용했던 이별들이여
찾지 말라, 나는 곧 무너질 것들만 그리워했다
이제 해가 지고 길 위의 기억은 흐려졌으니
공중엔 희고 둥그런 자국만 뚜렷하다
물들은 소리 없이 흐르다 굳고
어디선가 굶주린 구름들은 몰려왔다
나무들은 그리고 황폐한 내부를 숨기기 위해
크고 넓은 이파리를 가득 피워냈다
나는 어디로 가는 것일까, 돌아갈 수조차 없이
이제는 너무 멀리 떠내려온 이 길
구름들은 길을 터주지 않으면 곧 사라진다
눈을 감아도 보인다

어둠 속에서 중얼거린다

나를 찾지 말라…… 무책임한 탄식들이여

길 위에서 일생을 그르치고 있는 희망이여

기형도, 「길 위에서 중얼거리다」(1988)

시인이 사는 삶의 세계는 사라져버리는 것으로 가득 차 있다. 그것들은 모두 사라지거나 아니면 굳어있거나 흐릿하거나 혹은 굶주려있다. 심지어 푸르른 잎새마저 "황폐한 내부를 숨기기 위해" 자라난다. 푸르름 역시 황폐하게 사라져버릴 것으로서만 삶에서는 자리한다. 그러나 시인은 이 떠나가는 것, 잊혀진 것, 죽어버린 것을 추적하고자 한다. "찾지 말라, 나는 곧 무너질 것들만 그리워했다". "돌아갈 수조차 없이/이제는 너무 멀리 떠내려 온 이 길" 앞에 서서 그는 스스로 떠나갈 것으로서 남아 있다. 아직 여기에 남아 떠나갈 것으로서 시인은 떠나간 것 그리고 떠나갈 것을 기억한다.

시인의 이런 탄식은 허약하지만, 그리고 그의 희망은 "길 위에서 일생을 그르치고 있"을 뿐이지만, 소멸 속에서 기억하고자 하는 시인의 언어는 그러나 강렬하다. 그리하여 "구름들은 길을 터주지 않으면 곧 사라진다"라는 그 글을 읽으면서 우리는 사물과 세계의 근본적 소멸을 우리들 자신의 사안으로, 인간실존의 존재론적 속성으로 불러들이는 목소리를 듣는다. 이 시의 환기력은 여기에 있는 듯하다. 이 점에서 시인의 시적 표현은 사라짐과 머무름을 빛의 작용 속에서, 역이라는 유동적 공간을 통해 색채적으로 드러내는 모네의 회화적 표현과 하나로 만난다.

인상주의자들이 색채의 반사작용에 아무리 열광하였다고 해도 그들의 고민은 역/정거장 모티브가 갖는 문학적 의미에까지 닿아 있지 않았는지도 모른다. 화가의 관심을 끈 것은 빛의 작용과 이를 통한 형태의 굴절이었지 역과 정거장이 지닌 어떤 비유적 상징적 의미가 아니었을 것이다. 설령 그렇다고 해도 그것은 언어라는 추상적 매체가 아니라 색과 형태와 같은 원초적 매체를 통해 표현될 터이다. 그러나 그렇다 해도 빛 속에 명멸하는 사물의 모습을 통해 존재의 일시성과 덧없음을 표현하고자 했던 그들의 시도는, 또 역이라는 공간의 선택은 적절한 것으로 보인다. 역 또는 정거장은 수많은 작별과 만남, 그리하여 새로운 출발을 예비하는 장소가 아니던가?

머리가 아프면 나는 한때 어떤 역에 나가 있곤 했다. 누군가 딱히 올 일이 없고 또 내가 어디론가 갈 일이 없어도 그 역의 의자에 앉아 지나가는 사람들을 바라보고, 오고가는 기차를 떠나보내곤 했다. 그리고 그렇게 바라보는 것이 내게는 더없는 평화와 안정을 주었다. 역/정거장은 단순히 도착하거나 떠나는 곳만이 아니다. 그것은 삶의 어떤 전환 실존적 갱신을 도모하는 곳이다. 그러니만큼 서로 다른 의미들이 교차하는 곳이기도 하다. 역은 삶의 의미론적·실존적 교차점이다. 이런 이유에서 인상주의자들의 회화적 관심은 정거장이 지닌 문학적 의미와 무관하다고 말할 수가 없다. 뛰어난 예술은 그것이 회화이든 문학이든, 현실을 단순히 재현하는 그 이상으로 암시하고 상징하며 또 의미한다.

〈생 라자르 역〉에 역사가에게 직접적으로 알려주는 것은 없을지도 모른다. 그러니만큼 그것은 있는 그대로의 모습 속에서보다는 관찰자의 상상력에 의해 읽혀져야 한다. 이 적극적 독해 속에서 그림의 색채와 형태의 모호성은 현실의 모호성을 암시하는 것처럼 보인다. 그 누구도 생각 못한 방식으로 현실을 재현해낸 모네의 필치 속에서 우리는 어떤 것도 동일한 것으로 남지 못한다는, 동일한 것으로 남을 수 없다는 그리하여 우연성과 우발성만이 현재를 지배하는 원리라는 현대적 인식의 단초를 읽는다. 이 점에서 우리는 지금까지의 화가보다 더욱 완벽하게 그가 자신의 시각경험을 재현하였고, 이런 재현을 통해 다른 현실을 발견하였으며, 그럼으로써 현실영역을 보다 넓게 확장하는 데 기여하였다고 말할 수 있다. 모네는 경험에 밀착된 예술언어로 세계를 묘사, 발견, 창출했던 것이다. 삶의 많은 것은 주목하고 묘사하며 사랑하고 연민을 품을 대상인 것이다.

예술은 그 자체로 사물의 정태적 단일성을 드러내지 않는다. 오히려 그것은 삶의 표면 그 아래에 있는 것 ― 모든 것을 삼켜버리는 존재의 심연과 그 가능성을 색채와 소리와 언어를 통해 암시하고자 한다. 빛의 소용돌이 속에 드러나는 한때의 광휘와 쇠잔은 일상의 크고 작은 일 속에 수없이 널려있다. 그것은 안개처럼 수증기처럼 입자처럼 서로 뒤섞이면서 삶을 드러내고 또 지운다. 여기에 빛과 그림자, 사물과 사물, 나와 세계, 존재와 부재의 경계는 확연히 긋기 어렵다. 예술은 바로 이 소멸 속의 변화와 분열 속의 갱신을 표현함으로써 떠나가는 것에서 지속하는 것을, 이어지는 것에서 사라지는 것을 드러내고자 한다. 그럼으로써 그것은 사람의 눈과 귀와 입 그리고 온몸을 '좀더 덜 편향되게' 변모시키고자 한다. 빛 속에 드러나는 순간적 영광과 패잔의 흔적을 최대한의 지각능력으로 읽어내어 화폭 위에 담으려 했던 모네는 이런 의미에서 눈으로 빛을 사고하고 이렇게 사고한 것을 색으로 표현한 눈의 인간이었다.

사고하는 눈으로 화가는 빛의 색채와 대결한다. 이 대결을 통해 그는 꺼져가는 사물에 다가올 빛을, 존재의 영광에 폐허의 기미를 암시하고자 한다. 이런 암시를 통해 우리는 오지 않을 것을 예감하는 것만큼이나 소멸하는 것을 더 오래 붙들고자 하는 것이 헛됨을 안다. 예술은 찬란한 것의 헛된 열광과 조락해가는 것에 대한 섣부른 탄식에 우리의 눈과 귀를 덜 어둡게 한다. 예술의 표현을 보고 읽고 들음으로써 우리는 다르게 보고 다르게 읽고 다르게 듣는 법을 배운다. 사물을 달리 지각함으로써 우리는 삶의 현존적 방식을 드넓히는 것이다. 마음의 내부가 황폐해지지 않도록, 길 위에서 희망을 그르치지 않도록 우리는 존재하는 모든 것을 사실로, 또한 비유로 읽어낼 수 있어야 한다.

모든 사라지는 것은 읽어내야 할 영원성의 비유이다. 이 읽기를 통해 우리는 다르게 가능할 수 있는 삶의 어떤 양식을 꿈꾼다. 예술은 거듭 말하여 다른 표현형식의 추구를 통한 존재의 확장, 그 이외의 아무것도 아니다. 나는 다르게 꿈꾼다. 그러므로 나는 살아 있다. 예술은 다른 지각방식의 조직을 통해 지금 여기 삶을 변화시킨다.

(2005)

Claude Monet 〈The Saint - Lazare Station〉 London National Gallery

조용한
　삶의
정물화

2018년 02월 10일 1판 1쇄 박음
2018년 12월 07일 1판 2쇄 펴냄

지은이 문광훈
펴낸이 김철종 박정욱
디자인 이정현　**마케팅** 김지훈
인쇄제작 정민문화사

펴낸곳 에피파니
출판등록 1983년 9월 30일 제1 - 128호
주소 03146 서울시 종로구 삼일대로 453(경운동) KAFFE빌딩 2층
전화번호 02)701 - 6911　**팩스번호** 02)701 - 4449
전자우편 haneon@haneon.com　**홈페이지** www.haneon.com

ISBN 978-89-5596-834-7　04810

일러두기

단행본, 잡지의 이름은 『 』, 시, 신문기사, 짧은 글의 제목은 「 」,
그림, 곡, 영화의 제목은 〈 〉로 표기하였습니다.

* 「정거장에서의 중얼거림 ― 모네의 〈생 라자르 역〉」 ― 『숨은 조화』(2006)
　「모순과 설움의 아이러니 ― 백석의 고향」 ― 『심미주의 선언』(2015)
* 이 책의 무단전재 및 복제를 금합니다.
* 책값은 뒤표지에 표시되어 있습니다.
* 잘못 만들어진 책은 구입하신 서점에서 바꾸어 드립니다.

이 도서의 국립중앙도서관 출판예정도서목록(CIP)은 서지정보유통지원시스템 홈페이지
(http://seoji.nl.go.kr)와 국가 자료공동목록시스템(http://www.nl.go.kr/kolisnet)에서
이용하실 수 있습니다.(CIP제어번호: CIP2018002824)